이반 일리치의 죽음

Смерть Ивана Ильича

세계문학전집 438

이반 일리치의 죽음

Смерть Ивана Ильича

레프 톨스토이

김연경 옮김

민음사

일러두기

1 이 책은 해당 텍스트를 저본으로 삼아 우리말로 옮겼다. *Л.Н.Толстой, Собрание сочинений в двадцати двух томах. М.: Художественная литература*, 1982. Т.12

2 원문에 이탤릭체로 표기된 부분은 고딕체로 구분했다.

3 원문의 프랑스어와 라틴어는 우리말로 전사하고 원문과 뜻을 각주에 썼다.

차례

1장

커다란 법원 건물, 멜빈스키 사건을 심리하던 판사와 검사들은 휴정 시간에 이반 예고로비치 셰베크의 집무실에 모여 대화를 나누다가 저 유명한 크라솝스키 사건에 이르렀다. 표도르 바실리예비치는 법률적 사안이 아니라는 사실을 증명하느라 열을 올렸고, 이반 예고로비치는 제 나름의 의견을 고수했으며, 처음부터 논쟁에 끼어들지 않았던 표트르 이바노비치는 일말의 관심도 보이지 않은 채 이제 막 받은 《소식지》[1]를 훑어보고 있었다.

"여러분!" 그가 말했다. "이반 일리치가 죽었다는군요."

---

1) 1756년부터 1917까지 모스크바에서 발행된 신문 《모스크바 소식지》를 말하는 것으로 보인다.

"정말입니까?"

"자, 읽어 보십시오." 그는 표도르 바실리예비치에게 아직 잉크 냄새도 가시지 않은 새 신문을 건네며 말했다.

검은색 부고란에는 다음과 같은 문구가 실려 있었다. "프라스코비야 표도로브나 골로비나는 비통한 마음을 금하지 못하며 친척과 지인 들에게 사랑하는 남편이자 법원 판사인 이반 일리치 골로빈이 1882년 2월 4일 별세했다는 소식을 전한다. 발인은 금요일, 오후 1시."

이반 일리치는 그곳에 모인 신사들의 동료로서 모두 그를 사랑했다. 그가 병석에 누운 지는 벌써 몇 주일째였고 불치병이라는 이야기가 있었다. 그의 자리는 아직 그대로 유지되었으나 만약 사망할 경우 그 자리에는 알렉세예프가 임명될 것이고, 그러면 알렉세예프의 자리엔 빈니코프나 시타벨이 임명될 수 있다고들 생각했다. 그래서 집무실에 모인 이 신사들이 이반 일리치의 사망 소식을 듣자마자 모두 제일 먼저 떠올린 생각은 이 죽음이 판사들 당사자나 지인들의 인사이동이나 승진에 어떤 의미를 지닐까였다.

'이제는 분명히 내가 시타벨이나 빈니코프의 자리로 가겠군.' 표도르 바실리예비치가 생각했다. '오래전부터 그렇게 내정되어 있었으니까 이번 승진으로 사무실도 생기고 연봉도 족히 800루블은 오르겠지.'

'이제 처남을 칼루가에서 전근시켜 달라고 부탁해야겠군.' 표트르 이바노비치는 생각했다. '아내가 무척 기뻐할 거야. 이제는 내가 처가댁 식구를 위해 아무것도 해 준 게 없다는 소

리는 못 하겠지.'

"병석에서 일어나지 못할 줄은 알았습니다만……." 표트르 이바노비치가 큰 소리로 말했다. "안됐군요."

"아니, 정확히 병명이 뭐였습니까?"

"의사들도 딱히 진단을 내리지 못했습니다. 다시 말해 진단은 했지만 제각각이었죠. 제가 마지막으로 보았을 때만 해도 호전될 것 같았는데 말입니다."

"저는 명절 이후로 못 가 봤군요. 계속 가 봐야지 생각만 했네요."

"그래, 재산은 좀 있답니까?"

"아내 앞으로 뭔가 좀 있긴 한 모양입니다. 그렇다 한들 변변찮겠지만요."

"그렇군요, 한번 가 봐야겠어요. 그런데 그분이 워낙 먼 데 살아서요."

"다시 말해 당신 집에서 멀다는 거죠. 당신 집에서는 다 멀잖습니까."

"제가 강 건너 사는 것도 마뜩잖으신 모양입니다." 표트르 이바노비치가 셰베크에게 미소를 지으며 말했다. 시내의 어디가 멀다느니 어떻다느니 하는 이야기를 주고받다가 모두 법정으로 들어갔다.

이 죽음으로 인해 각자의 머릿속에는 직장 내의 인사이동과 가능할 법한 변화에 관한 생각만이 떠오른 것은 아니었다. 가까운 지인의 죽음 자체는 늘 그렇듯 부고를 접한 모두에게 내가 아니라 그가 죽었다는 사실에 대한 기쁨의 감정을 불러

일으켰다.

'어쩌겠어, 죽었는걸. 하지만 나는 아니잖아.' 그들은 저마다 이렇게 생각하거나 느꼈다. 가까운 지인들, 이른바 이반 일리치의 친구들은 이와 더불어 이제 예의상 몹시 따분한 의무를 다해야 하고 추도식에 참석하여 남편을 잃은 부인에게 조의를 표해야 한다는 떨떠름한 생각에 사로잡혔다.

제일 가까운 사람은 표도르 바실리예비치와 표트르 이바노비치였다.

표트르 이바노비치는 이반 일리치의 법대 동창으로서 스스로 그에게 많은 신세를 졌다고 생각했다.

식사할 때 아내에게 이반 일리치의 사망 소식과 처남을 자기들 구역으로 데려올 수도 있겠다는 생각을 전한 다음, 표트르 이바노비치는 한숨 돌릴 틈도 없이 연미복을 차려입고 이반 일리치의 집으로 향했다.

이반 일리치의 아파트 입구에 사륜마차 한 대와 이륜마차 두 대가 서 있었다. 아래층 현관의 옷걸이 옆에는 술과 끈 장식이 달린 금박을 입힌 관 뚜껑이 벽에 기대서 있었다. 검은 옷을 입은 두 부인이 외투를 벗었다. 한 명은 이반 일리치의 여동생으로 안면이 있는 인물이고, 다른 한 명은 전혀 모르는 부인이었다. 표트르 이바노비치의 동료인 시바르츠가 계단을 내려오다 안으로 들어오는 사람을 알아보고는 걸음을 멈추더니 한쪽 눈을 찡긋했다. 꼭 '이반 일리치는 바보처럼 굴었지만 당신과 나는 그렇지 않죠.'라고 말하는 것 같았다.

영국식 구레나룻을 기른 시바르츠의 얼굴과 연미복을 입은 아주 호리호리한 몸매는 언제나처럼 우아하고 근엄한 분위기를 풍겼는데, 이 근엄함이 언제나 시바르츠의 장난기 있는 성격과 모순되었으므로 이런 자리에선 톡 쏘는 매력을 풍긴다고, 표트르 이바노비치는 생각했다.

표트르 이바노비치는 부인들을 먼저 보낸 다음 천천히 그 뒤를 따라 계단을 올라갔다. 시바르츠는 내려오지 않고 위쪽에 멈추어 서 있었다. 왜 그런지 표트르 이바노비치는 알았다. 분명히 지금 당장 어디서 빈트 게임[2]을 할지 의논하고 싶은 것이리라. 부인들은 계단을 지나 남편을 잃은 부인의 방으로 갔고, 시바르츠는 짐짓 심각한 듯 입술을 꾹 다물고 장난기 섞인 눈빛에 눈썹을 씰룩이며 표트르 이바노비치에게 오른쪽 고인의 방을 가리켰다.

표트르 이바노비치는 언제나 그렇듯 저기서 뭘 해야 할지 몰라 하며 안으로 들어갔다. 단 하나, 이 경우에 성호를 그어서 나쁠 게 없다는 것쯤은 알았다. 그 와중에 절을 해야 할지 말지, 과연 확신이 서지 않아서 절충안을 선택했다. 방으로 들어서자 그는 성호를 긋고 약간 허리를 숙이는 듯한 몸짓을 했다. 그러는 동안 손과 머리의 움직임이 허락하는 한 방을 둘러보았다. 조카로 보이는 청년 둘이 성호를 그으며 방을 나갔는데 한 명은 김나지움 학생이었다. 노파 한 명이 미동도 없이 서 있었다. 그리고 눈썹이 이상하게 치켜 올라간 부인이 그녀에게 무어라고 속삭였다. 프록코트를 입은 건장하고 단호한

---

2) 네 명이서 하는 카드놀이의 일종.

부제(副祭)는 어떤 이의도 용납하지 않겠노라는 표정을 하고서 큰 소리로 뭔가를 읽었다. 주방 담당 하인인 게라심이 표트르 이바노비치의 앞을 사뿐사뿐 지나며 마룻바닥에 뭔가를 뿌렸다. 그것을 보자마자 표트르 이바노비치는 시신 썩는 냄새를 얼핏 감지했다. 이반 일리치를 마지막으로 방문했을 때 표트르 이바노비치는 이 하인을 서재에서 본 적이 있었다. 그는 간병인 일을 척척 해냈고, 그런 그를 이반 일리치는 유달리 아꼈다. 표트르 이바노비치는 계속 성호를 긋고 관과 부제와 구석의 탁자 위 성상들의 중간쯤 되는 곳을 향해 허리를 굽혔다. 그러다 한 손으로 성호를 너무 오래 그었다는 생각이 들었으므로 멈추어 서서 고인을 살펴보기 시작했다.

망자는 망자들이 항상 그러하듯 과연 망자답게 유달리 묵직하게 누워 있었다. 빳빳하게 굳은 사지는 관 바닥에 푹 잠기고 영원히 젖혀진 머리는 베개에 닿아 있었으며, 여느 망자들처럼 밀랍같이 누런 이마와 움푹 꺼진 관자놀이의 맨살, 윗입술을 짓누를 듯 우뚝 솟은 코를 내놓고 있었다. 그는 표트르 이바노비치가 보지 못한 사이에 더 여위어서 몹시 달라진 모습이었지만 모든 망자처럼 아름답고, 무엇보다도 살아 있을 때보다 더 의미심장한 얼굴이었다. 그 얼굴에는 해야 할 일을 해냈고 더욱이 제대로 해냈다는 표정이 어리어 있었다. 그 밖에도 아직 살아 있는 자들에 대한 책망이나 무언가를 경고하는 기색이 담긴 표정이었다. 이 경고가 표트르 이바노비치에게는 적절하지 않은 것, 적어도 자신에게는 해당하지 않는 문제인 듯 보였다. 왠지 불쾌해진 까닭에 표트르 이바노비치는 다시 한 번 서둘러 성호를 긋고 자기가 생각해도 예의범절에 어긋날 만큼 서둘러 몸을 돌린 뒤 얼른 문 쪽으로 갔다. 시바르츠가 통로 방에서 다리를 넓게 벌리고 뒷짐을 진 채 양손으로 실크해트를 까불거리며 그를 기다리고 있었다. 시바르츠의 장난기 섞인 말쑥하고 우아한 모습을 보는 것만으로도 표트르 이바노비치는 기분이 한결 상쾌해졌다. 표트르 이바노비치는 그가, 즉 시바르츠가 이런 일 따위에는 초연할뿐더러 달리 꺼림칙한 느낌을 받지 않는 사람이라는 사실을 깨달았다. 그의 모습은 다음과 같이 말하고 있었다. 이반 일리치의 추도식 같은 사건조차 일련의 법정 절차를 어길 만한 충분한 동기로 인정받을 수 없다고, 가령 그 무엇도 오늘 저녁에 하인이 새 양초를 네 개 준비하는 동안 카드 한 벌을 뜯어서 섞는 일을 방해할 수 없다고, 이 죽음으로 인해 우리가 오늘 저녁을 유쾌하게 보내지 못할 까닭은 그다지 없으리라고 말이다. 실제로 그는 마침 지나가는 표트르 이바노비치에게 이렇게 속삭이면서 표도르 바실리예비치 집의 모임에 합류하라고 제안했다. 그러나 표트르 이바노비치는 오늘 저녁 카드놀이를 못 할 운명이었나 보다. 키도 별로 크지 않고 뚱뚱한 프라스코비야 표도로브나가, 그렇게 보이지 않으려고 무진장 애썼음에도 어쨌든 어깨부터 아래쪽으로 내리 퍼져 버린 여자가 온통 검은색으로 차려입고 머리에 베일을 쓴 채, 관 맞은편에 서 있던 부인처럼 눈썹을 이상하게 추켜세운 부인 그리고 또 다른 부인들과 함께 자신의 규방에서 나와 그들을 망자의 방으로 안내한 다음 이렇게 말했기 때문이다.

"이제 추도식이 있을 겁니다. 가시지요."

시바르츠는 어정쩡하게 몸을 숙이고 분명히 그 제안을 받아들인 것도 거절한 것도 아닌 양 걸음을 멈추었다. 프라스코비야 표도로브나는 표트르 이바노비치를 알아보자 한숨을 내쉬더니 바투 다가와서 손을 잡고 말했다.

"이반 일리치와 절친한 분이셨지요, 잘 안답니다……." 그러면서 이 말에 상응하는 행동을 기대하며 그를 쳐다보았다.

표트르 이바노비치는 저쪽에서 성호를 그어야 했듯 여기서는 한 손을 잡고 한숨을 내쉬며 "여부가 있겠습니까!"라고 말해야 함을 알았다. 그래서 그렇게 했다. 그리고 바라 마지않던 결과가 나왔음을, 즉 그도 감동하고 그녀도 감동했음을 직감했다.

"아직 저쪽에서 시작하지 않았으니까 잠깐 가시지요. 긴히 드릴 말씀이 있습니다." 남편을 잃은 부인이 말했다. "손을 좀 주세요."

표트르 이바노비치는 한 손을 내밀었고, 그들은 표트르 이바노비치에게 안타까운 듯 눈을 찡긋하는 시바르츠를 지나쳐 안쪽 방으로 갔다. '카드는 물 건너갔군요! 다른 파트너를 구해도 너무 원망하지 말아요. 용케 빠져나오면 다섯이 해도 괜찮고요.' 그의 장난기 섞인 눈빛은 이렇게 말하고 있었다.

표트르 이바노비치는 더욱더 깊고 슬프게 한숨을 내쉬었고, 프라스코비야 표도로브나는 고마운 마음에 그의 손을 꼭 쥐었다. 그들은 장밋빛 마포로 장식하고 침침한 등불을 밝힌 거실로 들어가서 탁자 앞에 자리를 잡았다. 그녀는 소파에, 표트르 이바노비치는 나지막한 간이 소파에 앉았는데 용수철이 망가져서 좌석 밑이 울퉁불퉁했다. 프라스코비야 표도로브나는 다른 의자에 앉으라고 미리 언질을 주고 싶었지만 그러는 것이 자기 처지에 어울리지 않는다고 생각되었으므로 마음을 접었다. 간이 소파에 앉자 표트르 이바노비치는 이반 일리치가 거실을 꾸밀 때 이 초록색 잎이 그려진 장밋빛 천에 대해 조언을 구했던 일이 떠올랐다. 남편을 잃은 부인이 소파에 앉으려고 탁자 옆을 지날 때(대체로 거실은 물건과 가구로 온통 가득 차 있었다.) 검은색 망토의 검정 레이스가 탁자의 홈 장식에 걸리고 말았다. 표트르 이바노비치가 빼 주려고 일어나자 그 밑에 눌려 있던 간이 소파의 용수철이 요동치며 그를 밀어냈다. 부인이 손수 레이스를 빼내려 했으므로 표트르 이바노비치는 다시 자리에 앉으며 자기 아래에서 반란을 일으킨 간이 소파를 제압했다. 하지만 부인이 좀체 제대로 빼내지 못하자 표트르 이바노비치는 다시 일어났고, 간이 소파 역시 다시 반란을 일으키며 아예 튀어 올랐다. 모든 일이 끝나자 그녀는 깨끗한 목면 손수건을 꺼내고 울기 시작했다. 표트르 이바노비치는 레이스 소동과, 간이 소파와 벌인 전쟁에 심드렁해진 기분으로 눈을 내리깐 채 앉아 있었다. 이 어색한 분위기를 이반 일리치의 주방 담당 하인인 소콜로프가 깨 주었으니, 프라스코비야 표도로브나가 지정해 둔 묫자리 가격이 200루블 정도라고 보고한 것이다. 그녀는 울음을 그치고 희생양의 표정을 지으며 표트르 이바노비치를 쳐다본 다음, 너무 힘들다고 프랑스어로 탄식했다. 표트르 이바노비치는 그럴 수밖에 없지 않겠느냐, 그러리라고 확신한다는 표정으로 무언의 신호를 보냈다.

"담배라도 피우고 계시지요." 그녀는 너그러우면서도 낙담한 목소리로 말한 뒤, 소콜로프와 묫자리 가격 문제를 논의했다. 담배에 불을 붙이며 표트르 이바노비치는 그녀가 땅값을 놓고 아주 요령껏 이것저것 질문을 던지다가 적절한 가격으로 흥정하는 소리를 들었다. 그 밖의 묫자리 이야기를 마친 다음, 성가대에 대해서도 지시를 내렸다. 그러자 소콜로프가 나갔다.

"모든 일을 제가 직접 처리하고 있답니다." 그녀는 표트르 이바노비치에게 말하며 탁자 위의 앨범을 한쪽으로 밀어 놓았다. 그리고 담뱃재가 탁자 위로 떨어질까 봐 걱정되었는지, 표트르 이바노비치의 앞으로 냉큼 재떨이를 옮겨 놓으며 말을 이었다. "너무 슬프다는 이유로 실질적인 일을 못 한다는 것은 가식이라고 생각해요. 오히려 위로받을 수 없다…… 아니, 주의를 다른 데로 돌리려면 그분에 관한 일을 처리하는 수밖에 없지요." 그녀는 울 것처럼 다시 손수건을 꺼냈지만 갑자기 자제력을 발휘한 듯 몸을 추스르더니 침착하게 말했다.

"실은 상의드릴 일이 있답니다."

표트르 이바노비치는 다리 밑에서 움찔거리는 간이 소파의 용수철을 억누르며 몸을 약간 숙였다.

"마지막에 그분은 끔찍이도 고통스러워했어요."

"고통이 심했습니까?" 표트르 이바노비치가 물었다.

"아휴, 끔찍했어요! 마지막에는 몇 분이 아니고 몇 시간 동안 멈추지 않고 비명을 질렀답니다. 목이 잠기지도 않는지 사흘 꼬박 비명을 질러 대더라고요. 정말 참을 수 없었답니다. 제가 어떻게 참았는지 모르겠어요. 방문 세 개를 넘어서도 그 소리가 들릴 정도였거든요. 아휴! 어떻게 참았는지!"

"그럼 의식은 있었습니까?" 표트르 이바노비치가 물었다.

"그럼요." 그녀가 속삭였다. "마지막 순간까지요. 돌아가시기 십오 분 전에 우리와 작별 인사를 나누고 볼로댜를 데리고 나가라는 부탁까지 할 정도였지요."

처음에는 명랑한 소년이자 어린 학생으로서, 그다음에는 성인 동료로서 오랜 세월 가까이 알고 지내 온 사람이 그토록 고통받았다고 생각하니, 자신과 이 여자의 가식에 대한 불쾌한 의식에도 불구하고, 표트르 이바노비치는 갑자기 소름이 끼쳤다. 또다시 저 누런 이마와, 입술을 찍어 내릴 듯 솟은 코가 떠오르자 덜컥 걱정되고 겁이 나기도 했다.

'꼬박 사흘에 걸친 끔찍한 고통과 죽음. 그건 지금, 어느 순간이든 나에게도 닥칠 수 있는 일이다.' 이런 생각에 그는 일순간 섬뜩해졌다. 하지만 당장 어찌할 바 모른 채 있으려니, 이 죽음은 자기가 아닌 이반 일리치에게 일어난 일이다, 자신에게는 이런 일이 일어나지 말아야 하고 일어날 수도 없으리라는 아주 상식적인 생각이 구원 투수처럼 떠올랐다. 시바르츠의 얼굴에 명확히 쓰여 있듯 그런 생각을 하느라 굳이 음울한 기분에 빠질 필요는 없었다. 이런 판단에 한결 진정된 표트르 이바노비치는 이제 관심을 가지고 이반 일리치의 임종에 관해 상세한 이야기를 묻기 시작했는데, 죽음은 이반 일리치에게만 해당하는 특수한 사건일 뿐 자기는 전혀 무관하다는 투였다.

　남편을 잃은 부인은 이반 일리치가 겪은 참으로 끔찍한 육
체적 고통을 이것저것 자세히 이야기하고 나니(표트르 이바노
비치가 알게 된 자세한 사항이란, 이반 일리치의 고뇌가 오직 프라스
코비야 표도로브나의 신경에 어떤 영향을 끼쳤는가에 관한 것이었
다.) 바야흐로 본론으로 들어가야겠다고 결심한 모양이었다.

　"아휴, 표트르 이바노비치, 힘들어요, 너무 힘들어요, 정말
이지 너무 힘듭니다." 그러고서 그녀는 다시 울기 시작했다.

　표트르 이바노비치는 한숨을 내쉬며 그녀가 코를 풀기를
기다렸다. 마침내 코를 다 풀고 나자 그가 말했다.

　"여부가 있겠습니까……." 그러자 그녀가 대화를 재개하며
그에게 물어보고 싶었음이 분명한 용건을 말했다. 그 용건이
란 남편이 죽은 뒤 어떻게 국고에서 돈을 타 낼 수 있느냐는
문제였다. 물론 부인은 표트르 이바노비치에게 연금에 관한
조언을 구하려는 척했다. 하지만 그녀는 이미 사소한 사항, 심
지어 그도 모르는 내용까지, 예컨대 이런 경우에 국고에서 돈
을 긁어낼 수 있는 모든 방도를 알고 있음이 훤히 보였다. 그
런데도 어떻게든 좀 더 많은 돈을 긁어낼 만한 방법이 없을지
궁금했던 것이다. 표트르 이바노비치는 그럴듯한 방법을 궁리
해 내려고 애썼지만, 얼마간 생각한 끝에 우리 정부가 참 인색
하다고 비난했다. 그리고는 더 이상은 안 되겠노라고 예의상
말해 주었다. 그러자 그녀는 한숨을 내쉬었고, 이제 조문객한
테서 벗어날 구실을 찾는 눈치였다. 이 점을 알아챈 그는 담배
를 끄고 일어나서 악수를 한 다음 거실로 갔다.

이반 일리치가 골동품 가게에서 샀다며 그토록 기뻐하던 시계가 걸린 식당에서 표트르 이바노비치는 사제와 추도식에 참석한 지인 몇 명을 마주쳤고, 그도 익히 아는 아름다운 아가씨, 즉 이반 일리치의 딸을 보았다. 그녀는 온통 검은색 상복을 차려입었고, 워낙에 가는 허리가 더 가늘어 보였다. 음울하고 단호했으며, 거의 분노에 찬 듯한 표정이었다. 표트르 이바노비치에게 고개 숙여 인사하면서도 그가 무얼 잘못했다는 투였다. 딸의 뒤에는 마찬가지로 성난 표정을 한 부유하고 젊은 예심 판사가 서 있었는데, 표트르 이바노비치도 알던 사람으로서 듣기로는 그녀의 약혼자였다. 숙연한 표정으로 그들에게 인사를 건네고 망자의 방으로 들어가려던 순간, 계단 밑에서 이반 일리치와 똑 닮은 중학생 아들의 모습이 보였다. 표트르 이바노비치가 기억하는 법률 학교 시절, 어린 이반 일리치의 모습 그대로였다. 울어서 퉁퉁 부은 두 눈은 동정을 잃은 열서너 살의 소년들에게서 흔히 볼 수 있는 눈이었다. 소년은 표트르 이바노비치를 보자 창피한 듯 시무룩하게 인상을 썼다. 표트르 이바노비치는 그를 향해 고개를 끄덕이고는 망자의 방으로 들어갔다. 추도식은 촛불, 신음, 향의 연기, 눈물, 흐느낌 속에서 이루어졌다. 표트르 이바노비치는 자기 발을 내려다보며 눈썹을 찌푸린 채 서 있었다. 망자는 한 번도 쳐다보지 않았고 끝까지 약해지려는 마음을 다잡았다. 그러고는 맨 먼저 자리를 뜨는 사람들 틈에 섞여서 나왔다. 현관에는 아무도 없었다. 그때 주방 담당 하인 게라심이 고인의 방에서 뛰어나오더니 억센 손으로 모든 털외투를 일일이 뒤져서 표트르 이바노비치의 겉옷을 찾아 내밀었다.

"그래, 어떤가, 게라심?" 표트르 이바노비치가 무슨 말이든 건네야겠기에 말했다. "안됐나?"

"하느님의 뜻인걸요. 우리도 다들 그리로 갈 텐데요." 게라심은 농부다운 촘촘하고 하얀 치아를 드러내며 이렇게 말했다. 그리고 한창 일할 나이인 사람답게 힘차게 문을 열고 마부를 소리쳐 부르더니 표트르 이바노비치를 마차에 태웠다. 그러고는 뭔가 다른 할 일이 생각났는지 다시 현관으로 뛰어갔다.

표트르 이바노비치는 향과 시신과 석탄산 냄새에 절어 있다가 신선한 공기를 마시니 유달리 상쾌한 기분이었다.

"어디로 모실까요?" 마부가 물었다.

"늦지 않았군. 표도르 바실리예비치 댁에 잠시 들르지."

표트르 이바노비치는 출발했다. 그가 도착했을 때 딱 첫판이 끝나는 중이었으므로 다섯 번째 사람으로 새 판에 끼어들기에 안성맞춤이었다.

2장

이반 일리치가 지나온 인생사는 가장 단순하고 평범하면서
도 가장 끔찍한 것이었다.

이반 일리치는 마흔다섯 살에 죽었고, 고등 법원 판사였다.
그는 페테르부르크의 여러 부서와 분과에서 경력을 쌓은 관
리의 아들이었다. 그 경력이란 어떤 본질적인 직무 수행 능력
이 딱히 없더라도 어쨌든 오랜 근속 연수와 관등 덕분에 쫓겨
나지 않는 상황, 그리하여 일부러 고안해 낸 허구의 자리에 앉
아 6000루블에서 1만 루블에 이르기까지 허구가 아닌 돈을
받으며 늙어 죽을 때까지 죽치고 앉아 있는 것을 의미한다.

온갖 불필요한 기관의 여러모로 불필요한 위원인 삼등 문
관 일리야 예피모비치 골로빈도 그랬다.

그에겐 아들이 셋 있었다. 이반 일리치는 둘째였다. 첫째도

부서만 다를 뿐 아버지와 똑같은 경력을 쌓았고, 저러한 관성에 따라 봉급을 받는 근속 연수에 가까워지고 있었다. 셋째는 실패작이었다. 그는 여러 자리를 전전했고 가는 곳마다 사고를 쳤으며, 지금은 철도 관련 업무를 하고 있었다. 아버지와 형제들, 특히 그들의 아내들은 막냇동생을 만나기를 꺼렸을 뿐 아니라 정 필요할 때가 아니면 그의 존재를 떠올리는 일조차 없었다. 여동생은 그레프 남작에게 시집갔는데 장인처럼 관리였다. 이반 일리치는 흔한 말로 르 피닉스 들 라 파미유[3]였다. 첫째처럼 너무 냉정하거나 꼼꼼하지도, 셋째처럼 너무 절망적이지도 않았다. 둘의 중간쯤 되는 똑똑하고 활기차고 유쾌하고 예의 바른 사람이었다. 그는 동생과 함께 법률 학교에 다녔다. 동생은 끝내 졸업하지 못하고 5학년 때 제명되었지만 이반일리치는 우수한 성적으로 졸업했다. 법률 학교 시절부터 이미 유능하고 명랑하고 상냥하고 사교적이었으며, 의무로 여기는 일은 철저히 이행하는 사람이었다. 그런 성격은 이후에도 평생 변함없었다. 그가 생각하는 의무란 맨 윗사람들이 그렇다고 여기는 모든 것이었다. 어렸을 때도, 다 자랐을 때도 아첨하는 사람은 아니었지만 아주 젊은 시절부터 마치 빛을 쫓는 하루살이처럼 사교계의 가장 높은 사람들에게 이끌리고, 스스로 그들의 예법과 인생관을 배우며 그들과 친밀한 관계를 쌓으려는 성향이 있었다. 유년과 청년 시절에 열광했던 것은 모두 별다른 흔적을 남기지 않은 채 지나가 버렸다. 관능과

---

3) le phenix de la famille. 프랑스어로 '집안의 자랑거리'라는 뜻이다.

허영에 몰입했다가 급기야 고학년 때는 자유주의에도 심취했지만 전부 그가 감정적으로 정해 놓은 한도 안에서 그랬을 따름이다.

법률 학교 시절, 예전 같으면 대단히 더럽게 여기고 심지어 그 짓을 하는 동안에도 자신에게 혐오감을 느끼는 그런 종류의 어떤 행동을 저지른 적이 있다. 하지만 나중에 높은 지위에 있는 사람들조차 그런 행동을 할 뿐 아니라 더럽게 여기지 않는다는 사실을 알게 되었고, 딱히 좋은 짓이라고는 생각하지 않아도 그냥 망각하거나 그 기억 때문에 상심하는 일은 아예 사라져 버렸다.

법률 학교 10학년을 마치고 졸업한 이반 일리치는 아버지에게 돈을 받아 샤르메르 양복점에서 제복을 맞추고 시곗줄에 '레스피케 피넴'[4]이라고 쓰인 메달을 매달았다. 그러고는 은사인 공작에게 작별 인사를 하고 도농[5]에서 동료들과 식사를 한 뒤 최고급 상점을 돌며 주문하고 구입한 와이셔츠와 양복, 면도 용품과 세면도구, 담요를 최신 트렁크에 넣고서 아버지가 얻어 준 도지사의 특별 보좌관직을 맡기 위해 지방으로 떠났다.

그곳에 도착한 즉시, 이반 일리치는 법률 학교 시절처럼 몹시 수월하고 산뜻하게 입지를 다졌다. 근무하며 경력을 쌓는 동안 말끔하고 점잖게 즐기기도 했다. 간간이 상부의 지시에

---

4) respice finem. 라틴어로 '끝을 생각하라.'라는 뜻이다.
5) 당시에 존재하던 고급 레스토랑의 이름인 듯하다.

따라 군(郡)에 출장을 갈 때면 상대의 지위가 높든 낮든 근엄한 태도를 취했으며, 자신의 주된 임무인 분리파 관련 업무에 관해서라면 스스로 자부심을 느낄 만큼 정확하고 청렴결백하게 일을 처리했다.

그는 젊었고 가벼운 유흥을 즐기기도 했지만 업무에 대해선 굉장히 신중했으며, 게다가 공과 사를 엄격히 구분하는 편이었다. 그러나 사교 생활에서는 곧잘 장난스럽고 재치 있으며 항상 착하고 점잖았기에 그가 제집처럼 드나들며 찾아뵙던 상관과 상관 부인의 말대로 보낭팡[6]이었다.

이처럼 세련된 지방 법조인에게 추파를 던지는 부인 중 한 사람과 관계를 맺기도 했다. 모자 상점의 여자 주인과도 그런 일이 있었다. 시종무관들이 출장을 오면 술 접대를 했고, 저녁 식사가 끝난 뒤에 먼 곳까지 원정을 다녀오기도 했다. 상관, 심지어 상관 부인에게도 아첨했지만 이 모든 행위가 워낙 고상하고 점잖은 인상을 주었으므로 그것을 두고 지저분한 말이 오갈 일은 없었다. 이 모든 것이 오직 프랑스의 격언, 즉 일 포 크 죄네스 스 파스[7] 한마디로 요약될 만했다. 모두 깨끗한 손과 말쑥한 루바시카와 프랑스어, 무엇보다도 상류 사회, 고로 아주 고위층의 승인 아래서 이루어진 일이기도 했다.

그렇게 오 년을 근무했을 무렵, 이반 일리치에게 이직할 기회가 왔다. 새로운 법률 기관이 생겼고 새로운 인력이 필요한

---

6) bon enfant. 프랑스어로 '좋은 아이'라는 뜻이다.

7) il faut que jeunesse se passe. 프랑스어로 '젊을 때의 객기'라는 뜻이다.

것이었다.

이반 일리치가 바로 그 새로운 인력이 되었다.

이반 일리치는 법원 예심 판사 자리를 제안받았는데, 다른 지역에 난 자리여서 이미 쌓아 둔 인맥을 포기하고 새로 시작해야 했음에도 받아들였다. 친구들은 이반 일리치를 위한 송별회를 열어 주고 은제 담뱃갑을 선물하고 배웅했다. 그는 새 부임지로 떠났다.

법원 예심 판사가 된 이반 일리치는 특별 보좌관으로 있을 때처럼 **콤 일 포**[8] 점잖고 공과 사를 구분할 줄 알았기 때문에 모두의 존경을 받았다. 예심 판사의 업무는 이반 일리치에게 이전 업무보다 훨씬 더 흥미롭고 매력적이었다. 예전 자리에서는 샤르메르 제복을 입고 자유분방한 걸음걸이로, 그의 접견을 조마조마 기다리는 청원자들과 그에게 선망의 눈초리를 보내는 관리들 옆을 지나쳐 상관의 집무실로 들어가서 함께 차를 마시고 담배를 피우는 일이 유쾌했다. 하지만 그가 마음껏 좌지우지할 수 있는 사람은 별로 없었다. 기껏해야 출장을 가서 업무차 만나는 경찰서장과 분리파 교도뿐이었다. 그는 자기 마음대로 다룰 수 있는 사람들을 정중하게, 거의 동료처럼 대하기를 좋아했고, 그런 식으로 자신들을 압박할 수 있는 사람이 친하고 소탈하게 대해 준다고 느끼도록 하기를 즐겼다. 그 시절에는 그렇게 대접해 줄 만한 사람들이 많지 않았다. 예심 판사가 된 지금, 이반 일리치는 모두, 제아무리 지체

___

8) comme il faut. 프랑스어로 '더할 나위 없이'라는 뜻이다.

높고 남부러울 것 없는 사람이라도 모조리 예외 없이 자기 손아귀에 둘 수 있고, 그가 제목 달린 서류에 몇 마디 적기만 하면 지체 높고 남부러울 것 없는 사람조차 피고나 증인 자격으로 소환할 수 있으며, 그 상대를 자리에 앉히기 싫으면 앞에 세워 둔 채로 질문하고 대답하게 할 수도 있음을 실감했다. 이반 일리치는 자기 권력을 남용하기는커녕 오히려 부드럽게 표현하려고 애썼다. 바로 이런 권력을 의식하고 그것을 부드러이 부릴 수 있는 능력이야말로 새로운 직책이 주는 흥미와 매력의 핵심이었다. 이반 일리치는 이 심문이라는 업무에서 일과 무관한 모든 사항을 멀리하는 방법을 매우 빨리 터득했으니, 아무리 복잡한 사건일지라도 사건을 완전히 배제한 채 그것의 외적 형식만을 서류에 반영하고 다른 무엇보다 모든 요식 절차를 준수하면 그만이었다. 이는 새로운 업무 처리 방식이었고, 그는 1864년에 제정된 법령을 실무 현장에서 다룬 선두 주자 중 하나였다.

예심 판사로서 새 도시로 옮겨 온 뒤, 이반 일리치는 다시금 안면을 트고 인맥을 쌓고 위상도 새롭게 정립하면서 처신역시 다소 달라졌다. 그는 지역의 권력과 어느 정도 거리를 유지하는 한편, 도시의 법조계 인사와 부유한 귀족 들로 이루어진 최고의 무리들과 교류하며 정부에 대한 약간의 불만과 온건한 자유주의 성향, 개화한 시민 의식 따위를 슬쩍 내비쳤다. 물론 세련되게 치장하는 습관은 조금도 변하지 않았지만, 새로운 직책을 시작하면서 턱수염을 깎지 않고 마음대로 자라도록 내버려 두었다.

이반 일리치의 인생은 새로운 도시에서도 몹시 유쾌했다. 도지사에게 좀 불만이 있는 사교계는 화기애애하고 훌륭했다. 봉급이 더욱 올랐고, 그때 재미를 붙인 휘스트[9]는 인생에 적잖은 활력소가 되었다. 특히 이반 일리치는 카드놀이를 즐길 줄 알았고, 상황 판단이 빠른 데다 섬세하게 행동했던 까닭에 늘 이기는 편이었다.

새 도시에서 근무한 지 이 년쯤 되었을 때 이반 일리치는 미래의 아내를 만났다. 프라스코비야 표도로브나 미헬은 이반 일리치가 드나들던 사교계 모임에서 가장 매력적이고 똑똑하고 빛나는 아가씨였다. 예심 판사의 업무에서 벗어나 다른 오락을 즐기며 쉬는 차원에서, 이반 일리치는 프라스코비야 표도로브나와 장난스럽고 가뿐한 관계를 맺었다.

특별 보좌관 시절만 해도 이반 일리치는 자주 춤을 추었다. 그러나 예심 판사가 된 뒤로는 예외적인 경우에만 춤을 추었다. 그는 자신이 신설 기관의 오등관 자리에 있지만 춤을 추는 데에도 일가견이 있음을 증명하고자 할 때에만 춤을 추었다. 그렇게 그는 무도회가 끝날 무렵 간간이 프라스코비야 표도로브나와 춤을 추었고, 주로 그러는 동안 프라스코비야 표도로브나의 마음을 사로잡았다. 결국 그녀는 사랑에 빠졌다. 이반 일리치는 결혼하려는 분명하고 확고한 의지가 없었음에도 일단 아가씨가 사랑에 빠지자 스스로 이런 질문을 던졌다. "사실 결혼하지 않을 이유가 어디 있나?" 그는 자신에게

---

9) 두 명씩 짝을 맞추어 총 네 사람이 하는 카드놀이의 일종.

말했다.

　프라스코비야 표도로브나는 좋은 귀족 가문의 처자인 데다 인물도 좋고 재산도 좀 있었다. 이반 일리치는 더 찬란한 신붓감을 염두에 둘 수도 있었지만 이 정도면 훌륭한 편이었다. 이반 일리치는 봉급을 받으니, 그녀에게도 그만큼의 재산이 있으리라고 기대할 만했다. 집안이 좋고 사랑스럽고 예쁘장하고 아주 반듯한 여자이지 않은가. 이반 일리치가 약혼자를 사랑하고 그녀의 인생관에서 공감대를 찾았기 때문에 결혼했다고 말하는 것은, 사교계 사람들이 이 한 쌍을 부추겨서 결혼했다고 말하는 것만큼이나 옳지 않으리라. 이반 일리치는 두 가지 점을 모두 고려해서 결혼했다. 이를테면 이런 아내를 얻음으로써 자신을 위해 유쾌한 일을 하고, 그와 더불어 최상류층 사람들이 옳다고 여기는 일을 하는 것 말이다.

　그래서 이반 일리치는 결혼했다.

　결혼을 준비하는 과정, 그리고 부부 사이의 애정, 새로운 가구와 식기와 침구로 채워진 신혼은 아내가 임신하기 전까지 몹시 훌륭했으므로 이반 일리치는 결혼이란 그가 대체로 본질적이라고 여겨 온 삶, 즉 항상 가뿐하고 유쾌하고 즐겁고 사회가 장려하는 점잖은 성격의 삶을 파괴하기는커녕 더욱 고양해 준다고 생각하게 되었다. 그러나 아내의 임신 초기부터 뭔가 낯설고 예기치 못한 불쾌한 일, 힘겹고 점잖지 못한 일이 발생했고 그것은 예상할 수도, 또 결코 벗어날 수도 없는 일이었다.

　이반 일리치가 보기에 아내는 아무런 동기도 없이, 그의 혼잣말대로 드 게테 드 쾨르[10] 유쾌하고 품격 있는 삶을 파괴하기 시작했다. 까닭 없이 질투하고 자기에게 신경을 써 달라고 사사건건 트집을 잡으며 불쾌하고 조잡한 장면을 연출했다.

처음에 이반 일리치는 예전부터 그를 구해 준 그 태도, 즉 삶에 대한 예의 가뿐하고 점잖은 태도를 취함으로써 이 불쾌한 상황에서 해방되길 바랐다. 아내의 기분을 무시하려고 하면서 계속 예전처럼 가뿐하고 유쾌하게 살았다. 카드놀이판을 꾸리기 위해 친구들을 집에 초대하거나 클럽 혹은 동료의 집에 다녀오기도 했다. 그러던 어느 날 아내가 너무나 왕성하게 천박한 욕설을 퍼붓기 시작했다. 그녀는 요구를 들어주지 않으면 매번 무척 집요하게 욕설을 퍼부었고, 그가 분명하고 확실하게 굴복할 때까지, 즉 그녀처럼 우거지상을 하고 집 안에 들어앉을 때까지 멈추지 않을 기세였다. 결국 이반 일리치는 소스라치게 놀랐다. 그는 결혼 생활, 적어도 자기 아내와 함께하는 결혼 생활이 유쾌하고 품격 있는 삶을 항상 보장해 주기는커녕 오히려 종종 파괴함을, 따라서 이런 파괴로부터 자신을 꼭 지켜야 함을 깨달았다. 이반 일리치는 그 수단을 모색했다. 프라스코비야 표도로브나도 감히 어쩌지 못하는 한 가지가 있었으니, 바로 업무였다. 결국 이반 일리치는 업무와 그 의무를 무기 삼아서 자기만의 독립적인 세계를 쌓고 아내에게 대항했다.

아내는 아이를 낳자 젖을 먹이려는 시도와 그 와중에 겪은

---

10) de gaîté de cœur. 프랑스어로 '일부러'라는 뜻이다.

이런저런 실패, 또 사실인지 그저 상상인지 모르겠지만 아이와 아내 자신의 병에 이르기까지 모든 일에 이반 일리치를 끌어들이려 했다. 그러나 이반 일리치는 아무것도 이해하지 못했고, 가정 바깥에 자신을 위한 세계를 쌓고자 하는 욕구만이 더욱더 절실해질 뿐이었다.

아내는 점점 더 짜증스럽고 까다로워졌으며, 그럴수록 이반 일리치 역시 자기 삶의 무게 중심을 더더욱 업무로 옮겨 갔다. 그는 업무를 점차 깊이 사랑하게 되었고, 공명심도 전보다 한층 커졌다.

아주 일찍, 즉 결혼한 지 일 년도 안 되었을 무렵 이반 일리치는 결혼 생활이 삶에 어느 정도 편리함을 제공하지만 본질적으로 몹시 복잡하고 힘겨운 일이라는 것을, 그와 관련한 의무를 이행하기 위해서는, 즉 사회에서 장려하는 점잖은 삶을 영위하기 위해서는 업무를 하듯 일정한 원칙을 세워야 한다는 사실을 깨달았다.

그래서 이반 일리치는 결혼 생활의 원칙을 정립했다. 가정생활에서는 오직 아내가 남편에게 제공할 수 있는 음식과 살림과 침대 같은 편의 사항만 요구했는데, 이 원칙의 핵심은 사회적 통념이 정해 놓은 외적 형식의 품격을 유지하는 것이었다. 명랑한 유쾌함은 그 밖의 영역에서 추구했으며, 그런 것을 찾아낼 때면 무척 감사히 여겼다. 혹시 저항이나 투정의 기미가 보이면 얼른 자기가 쌓아 놓은 별도의 세계로, 업무로 달아났고 거기서 유쾌함을 찾았다.

이반 일리치는 우수한 근무 능력을 인정받아서 삼 년 뒤에 벌써 검사보가 되었다. 새로운 임무와 그 중대성, 아무나 법정에 세우고 감옥에 가둘 권한, 여러 공식 석상에서 연설할 기회 등을 누리며 계속 승승장구하자 이반 일리치는 더욱 업무에 이끌렸다.

아이들이 태어났다. 아내는 점점 더 투정을 부리고 성질을 냈지만 가정생활에 대한 원칙을 이미 정해 놓은 이반 일리치는 그녀의 항의에 거의 개의치 않았다.

한 도시에서 칠 년간 근무한 뒤 이반 일리치는 검사로 승진했고 다른 지역으로 발령받았다. 이사를 했지만 아내는 새로운 곳을 탐탁해하지 않았고, 돈마저 별로 없었다. 봉급은 예전보다 좀 올랐으나 생활비는 더 많이 들었다. 그런 와중에 아이가 둘이나 죽는 바람에 이반 일리치에게 가정생활은 더욱 불쾌해졌다.

프라스코비야 표도로브나는 새 거주지에서 불미스러운 일이 생길 때마다 남편을 탓했다. 남편과 아내가 아이들 양육 문제를 거론하다 보면 옛날에 다툰 일까지 떠올랐고, 어느 순간에 다시금 확 싸울 기세가 되었다. 부부로서 사랑을 느끼는 시기도 드물게나마 있었지만 오래가지 못했다. 그것은 그들이 잠깐 머무는 작은 섬에 불과했고, 또다시 서로에 대한 소원함을 표현하는 은밀한 적의의 바닷속으로 뛰어들었다. 만약 이반 일리치가 이런 상황을 이상하게 여겼다면 서로의 소원함에 마음이 아팠겠지만 그는 이미 이를 정상적인 상황일 뿐만 아니라 가정생활의 목표로 받아들이고 있었다. 그 목표란 저 불미스러운 일에서 더욱더 해방되어 생활에 무해하고 점잖은 성격을 부여하는 것이었다. 그는 가족과 함께 있는 시간을 줄임으로써 목표에 다다르려 했고, 꼭 필요할 때는 제삼의 인물들을 동석시켜서 자신의 입지를 지키려고 애썼다. 무엇보다 이반 일리치에게는 업무가 있었다. 삶의 모든 관심사는 급기야 업무의 세계로 집중되었고, 이것이 그를 집어삼켰다. 자기가 원하면 누구든 파괴할 권한이 있다는 의식, 법정에 들어서서 아랫사람들을 마주할 때 겉으로 드러나는 중요 인사라는 느낌, 상관과 부하를 상대로 거두는 성공, 특히 스스로 느끼는 탁월한 업무 능력 등 모든 것이 기쁨이었고, 더불어 동료와 나누는 담소, 식사, 휘스트가 그의 삶을 채워 주었다. 그리하여 이반 일리치의 삶은 대체로 그가 마땅하다고 여기는 방식대로, 즉 유쾌하고 점잖게 계속 흘러갔다.

그는 그렇게 칠 년을 더 살았다. 큰딸은 벌써 열여섯 살이되었고, 아이 하나는 또 죽었으며, 김나지움 학생인 아들은 불화의 대상이 되었다. 이반 일리치는 아들을 법률 학교에 보내고 싶어 했지만 프라스코비야 표도로브나는 남편이 괘씸한 나머지 여느 김나지움에 입학시켜 버렸다. 딸은 가정에서 교육을 받으며 잘 자랐고, 소년 역시 공부를 썩 잘하는 편이었다.

3장

결혼한 뒤 이반 일리치의 삶은 십칠 년간 그렇게 흘러갔다. 이미 고참 검사가 된 그는 몇 차례의 보직 이동을 고사하며 보다 탐나는 자리를 바라고 있었다. 그런데 한 가지 뜻밖의 상황이 발생하면서 평온한 삶마저 완전히 망가질 참이었다. 이반 일리치는 내심 어느 대학 도시의 재판장 자리를 기대했는데 어쩐 일인지 고페가 그를 제치고 그 자리를 차지했다. 신경질이 난 이반 일리치는 인사에 항의하며 고페는 물론이고 가장 가까운 상관들과도 언쟁을 벌였다. 모두 그에게 냉담해졌고 결국 그는 다음 인사이동에서도 또다시 배제됐다.

1880년의 일이었다. 그해는 이반 일리치의 인생에서 가장 힘든 시기였다. 한편 봉급만으로 생활하기에 빠듯한 시절이기도 했다. 그는 자기에 대한 처사가 대단히 잔인하고 불공

정하다고 생각했지만 다른 사람들은 지극히 평범한 일로 여겼을 뿐 아니라 아예 그를 잊어버렸다. 아버지조차 그를 도와주려고 하지 않았다. 다들 그 처지에 봉급 3500루블이면 아주 정상적인 수준, 심지어 복에 겨운 수준이라고 치부하며 자신을 버렸다고 느꼈다. 그 혼자만 그런 불의를 당했음을 의식했고, 죽도록 바가지를 긁어 대는 아내가 분수에 넘치는 생활을 하느라 빚을 졌음을 알았다. 그의 처지가 전혀 정상적이지 않다는 사실을 아는 사람 역시 그 혼자뿐이었다.

그해 여름, 생활비를 좀 아껴 보고자 휴가를 내고 시골에 있는, 프라스코비야 표도로브나의 남동생 집으로 내려갔다.

시골엔 일거리가 없으니 이반 일리치는 처음으로 권태뿐 아니라 참을 수 없는 우수를 느꼈고, 도저히 이렇게는 못 살겠으니 반드시 무슨 단호한 조치를 취해야겠다고 결심했다.

이반 일리치는 밤새도록 테라스를 거닐며 불면의 밤을 보낸 뒤, 페테르부르크에 가서 자신의 가치를 제대로 알아주지 않는 저들을 혼내 주기 위해 다른 부서로 옮길 방도를 모색해 보기로 마음먹었다.

다음 날, 그는 아내와 처남의 온갖 만류를 뿌리치고 페테르부르크로 떠났다.

그가 시골을 떠난 목적은 단 하나, 연봉 5000루블짜리 자리를 얻는 것이었다. 부서가 어디든, 업무의 경향이나 종류가 어떻든 이젠 상관없었다. 오직 5000루블짜리 자리가 필요했고, 행정부든 은행이든 철도청이든 마리야 황후의 기관이든,[11] 심지어 관세청이든 반드시 5000루블의 봉급이어야 하고 또 자기 가치를 몰라주는 이곳에서 결단코 나와야 했다.

그런데 이반 일리치는 이 여행으로 뜻밖의 놀랄 만한 성공을 거두었다. 쿠르스크에서 일등칸에 올라탄 F. S. 일린이라는 지인이 쿠르스크 도지사가 받은 최신 전보 내용을 알려 주었다. 조만간 부서 내에서 대대적인 인사이동이 있고, 표트르 이바노비치의 자리에 이반 세묘노비치가 임용되리라는 것이었다.

러시아에서 이토록 의미심장한 대대적인 인사이동은 이반 일리치에게도 특별한 의미가 있었다. 이번 기회에 표트르 페트로비치나 또 틀림없이 자신의 친구인 자하르 이바노비치 같은 인물이 새로 부상하면 이반 일리치에게도 무척 유리한 상황이 될 터였다. 자하르 이바노비치는 이반 일리치의 동료이자 친구였으니 말이다.

이 소식은 모스크바에서 확증되었다. 페테르부르크에 도착한 이반 일리치는 자하르 이바노비치를 찾아가서, 한때 근무한 법무부에 믿을 만한 자리를 마련해 주겠노라는 약속을 기어코 받아 냈다.

일주일 뒤 그는 아내에게 전보를 쳤다.

"밀레르 자리에 자하르 발령 즉시 나도 임명."

이반 일리치는 뜻밖에도 이 인사이동 덕분에 이전 부서에 있던 동료들보다 두 직급이나 더 높은 자리로 승진하였고, 연봉 5000루블에 이사 비용으로 3500루블까지 더 얻었다. 예전

---

11) 1796년 파벨 1세와 황후 마리야가 설립한 귀족 여성을 위한 교육 기관으로, 페테르부르크의 게르첸 사범 대학교의 전신이다.

에 원수 같았던 사람들과 부서 전체에 대한 짜증이 깡그리 잊혔을 뿐 아니라, 이반 일리치는 완전히 행복했다.

이반 일리치는 오랜만에 즐겁고 흡족한 상태로 시골에 돌아왔다. 프라스코비야 표도로브나도 즐거워했고, 그들 사이에는 강화 조약이 체결되었다. 이반 일리치는 페테르부르크에서 다들 자기를 칭찬하더라고, 원수 같았던 사람들이 모조리 톡톡히 창피를 당한 데다 지금은 아주 비열하게 굽실거리더라고, 모두 자신의 상황을 대단히 부러워하고, 특히 페테르부르크의 모든 이들이 자기를 사랑하더라고 이야기했다.

프라스코비야 표도로브나는 그 말을 전적으로 믿는다는 표정을 지은 채 경청하고 조금도 토를 달지 않았다. 그저 새로 이사할 도시에서 새로운 삶을 꾸릴 계획만을 꿈꿀 뿐이었다. 이반 일리치는 그녀의 계획이 곧 자신의 계획임을, 서로 마음이 일치함을, 휘청거리던 삶이 다시 본연의 즐겁고 유쾌하고 점잖은 성격을 되찾게 되었음을 깨닫자 기뻤다.

이반 일리치는 시골에 잠깐 다녀왔다. 9월 10일엔 새 직책을 맡아야 할 뿐 아니라, 새 거처를 꾸리고 시골 살림을 모두 옮겨 오고 이것저것 더 사고 주문하는 데에도 시간이 필요했다. 요컨대 그가 머릿속으로 결정한 대로 새로운 삶을 꾸려 나가야 했는데, 프라스코비야 표도로브나의 마음속 결정 역시 거의 똑같았다.

모든 것이 그토록 성공적이고, 그와 아내의 목표가 서로 일치한 데다, 함께 붙어 있을 시간마저 별로 없으니 부부 사이는 신혼 때 못지않게 좋아졌다. 이반 일리치는 가족을 당장 데

려갈 작정이었지만, 처남 내외가 갑자기 이반 일리치와 그의 가족에게 유달리 살갑고 다정하게 굴며 만류하는 바람에 혼자만 먼저 떠나야 했다.

이반 일리치는 떠났고, 일의 성공과 화목한 부부 관계 덕분에 유쾌해진 기분은 서로 상승 작용을 일으키며 계속 그 곁을 맴돌았다. 새로 구한 집은 남편과 아내가 함께 꿈꾸던 모습 그대로 훌륭했다. 응접실은 천장이 높고 널찍한 데다 예스러운 스타일이었다. 그리고 서재는 안락하면서 중후했으며 아내와 딸을 위한 방들, 아들의 공부방까지 모두 그들의 삶을 위해 일부러 맞춰 놓은 듯했다. 몸소 집 단장에 나선 이반 일리치는 벽지를 고르고 가구를 사들였으며, 특히 골동품 가구에 덮개를 씌워 독특하고 고상한 분위기를 부여했다. 물건이 하나둘씩 늘어날수록 점점 더 꿈에 그리던 이상향에 가까워졌다. 집 단장을 절반쯤 마쳤을 뿐인데도 벌써 그의 기대를 넘어서는 수준이었다. 모든 것이 완성되면 분명히 저속함과 동떨어진, 고상하고 우아한 분위기를 띨 터였다. 잠들 때도 홀의 모습이 어떨지 그려 보곤 했다. 아직 마무리되지 않은 거실을 처다볼 때도 장차 각각 제자리를 찾을 벽난로, 가리개, 책장, 여기저기 배치될 의자, 벽에 걸릴 크고 작은 접시와 쟁반과 청동 장식이 어른거렸다. 이런 부분에서 취향이 비슷한 파샤와 리잔카[12]가 얼마나 놀랄지 생각만 해도 몹시 기뻤다. 둘 다 이 정도일 줄은 상상도 못 했겠지. 특히 집 안에 유달리 고상한 기

---

12) 파샤와 리잔카는 각각 아내 프라스코비야와 딸 리자베타의 애칭이다.

품을 불어넣어 줄 골동품들을 용케 헐값으로 매입할 수 있었다. 편지를 쓸 때는 가족을 놀래려고 일부러 모든 것을 실제보다 더 안 좋게 묘사했다. 이 모든 일이 얼마나 신났던지 업무를 그토록 좋아하는 그였지만 새 자리에는 예상만큼 몰입하지 못했다. 재판 중에도 넋을 놓기 일쑤였다. 커튼 봉을 어떻게 할지, 일자형, 아니면 조금 굴곡진 모양으로 할지 고민한 탓이었다. 이 문제에 너무 열중한 나머지 직접 팔을 걷어붙이고 수시로 가구 배치를 바꿔 보거나 커튼을 여기저기 고쳐 걸기도 했다. 한번은 말귀를 영 못 알아먹는 도배장이에게 커튼을 어떻게 달지 시범을 보여 주려고 사다리에 올라갔다가 발을 헛디뎌서 넘어지고 말았다. 하지만 워낙 튼튼하고 민첩한 사람이라 균형을 잘 잡은 덕분에 창틀 손잡이에 옆구리를 찧었을 뿐 달리 다치지는 않았다. 부딪친 부위가 좀 아프긴 했으나 곧 좋아졌고, 이반 일리치는 요즘 내내 자신이 유난히 즐겁고 건강하다고 느꼈다. 편지에는 십오 년은 족히 젊어진 것 같다고도 썼다. 9월에는 끝나리라 예상했던 집 단장이 10월 중순까지 이어졌다. 그 대신 그만큼 훨씬 멋진 집이 되었고, 그뿐 아니라 보는 사람마다 족족 경탄했다.

그런데 본질적으로 큰 부자는 아니지만 부자처럼 보이고 싶어 하는 사람들이 똑같이 공유하는 것이 있었다. 비단, 흑단, 꽃나무와 양탄자, 청동 조각품 등 하나같이 중후하고 광택이 화려한 물건들, 즉 특정 부류의 사람들이 또 다른 특정 부류의 사람들처럼 보이고 싶어서 갖추는 것들 말이다. 그의 집도 그런 집 안의 풍경과 너무 비슷했으므로 딱히 주의를 끌 만한 점이 없었다. 그런데도 그의 눈에는 모든 것이 뭔가 특별해 보였다. 기차역에 가족을 마중 나가서 단장을 마친 환한 집으로 데려왔을 때, 하얀 넥타이를 맨 하인이 꽃으로 장식한 현관문을 열어 주었을 때, 그다음 그들이 거실로, 집무실로 들어가며 만족감에 탄성을 내질렀을 때 그는 너무나 행복했고, 그의 손에 이끌려 이 방 저 방 돌아보며 그들이 쏟아 내는 칭찬을 흠뻑 들이마시면서 만족감에 찬란히 빛났다. 그날 저녁, 차를 마시면서 프라스코비야 표도로브나가 그나저나 어쩌다 넘어졌느냐고 묻자 그는 웃음을 터뜨리며 자기가 얼마나 날쌔게 몸을 날렸는지, 도배장이가 얼마나 놀랐는지 몸소 실감 나게 재현해 보였다.

"내가 괜히 체조 선수였겠어. 다른 사람이라면 죽다 살아났겠지만 나는 여기만 살짝 부딪쳤거든. 건드리면 좀 아픈데 이미 다 나았어. 멍만 좀 남았지."

그렇게 그들은 새로 단장한 집에서 생활을 시작했다. 항상 그렇듯이 아무리 살기 좋은 집이어도 딱 방 한 칸이 부족하기 마련이고, 또 수입이 늘어나도 딱 얼마가, 그러니까 500루블 정도가 부족하긴 했지만 그래도 참 좋았다. 특히 집 단장이 아직 마무리되지 않아서 뭘 더 사들이고 주문하고 재배치하고 다듬고 손봐야 할 것이 여전히 남아 있던 시절이 참 좋았다. 남편과 아내 사이에 다소간 불화가 있더라도 둘 다 워낙에 만족한 데다, 또 워낙에 일이 많았기 때문에 항상 큰 다툼 없이 넘어갔다. 더는 손볼 데가 없어졌을 때 약간 지루하고 뭔가 부족하다고 느꼈지만, 그 무렵엔 이미 그곳 사람들과 안면을 트고 새로운 습관들도 생겼으므로 삶은 역시 충만했다.

이반 일리치는 법원에서 오전을 보낸 다음 점심을 먹으러 집에 돌아왔고, 그 시절 그의 기분은 집 문제로 좀 짜증이 났지만 그래도 좋았다.(식탁보나 비단에 무슨 얼룩이 생기거나 커튼 줄이 끊어져도 신경질이 났다. 집 단장에 공을 많이 들인 만큼 조금만 훼손되어도 마음이 아팠다.) 그래도 이반 일리치의 삶은 대개 그의 신조대로, 응당 그래야 하는 방식대로, 즉 가뿐하고 유쾌하고 점잖게 흘러갔다. 그는 9시에 일어나서 커피를 마시고 신문을 읽은 다음, 제복을 입고 법원에 갔다. 거기에는 이미 그에게 잡아맬 고삐가, 즉 업무가 준비돼 있었고, 그는 당장 일터로 들어갔다. 청원자들, 관청의 질의서들, 관청 자체의 업무, 공판과 공판 준비 회의들. 이런 일을 할 때는 늘 업무의 올바른 흐름을 파괴하는 모든 날것을, 생활적인 요소를 배제할 줄 알아야 한다. 업무 외에는 사람들과 어떤 관계도 맺지 말아야 한다. 만약 그런 경우가 생기면 관계의 동기는 오직 업무와 관련되어야 하며, 관계 자체도 오직 업무적이어야 한다. 가령 어떤 사람이 찾아와서 뭔가를 알고 싶어 해도 공무를 떠나서는 그 상대와 어떤 관계도 갖지 않는다. 하지만 만일 그 사람이 판사에게 용무가 있다면, 즉 공문서에 표현할 무슨 사유가 있다면 그 관계의 틀 안에서 모든 것을, 단연코 최대한 모든 것을 해 주고, 더불어 인간적이고 정겨운 관계, 즉 예의범절까지 갖춘다. 업무상 관계가 끝나는 순간, 온갖 다른 관계 역시 끝난다. 이렇게 공과 사를 엄격하게 분리하는 데 이반 일리치는 고도의 능력을 발휘했지만, 타고난 재능과 오랜 실무를 통한 절차탁마 끝에 무슨 거장이라도 되는 양 인간적 관계와 업무 관계를 장난치듯 여유롭게 뒤섞는 일 역시 더러 있었다. 이런 여유를 부린 까닭은, 필요하다면 언제든 또다시 공과 사를 구분할 수 있는 내적 권능을 느꼈기 때문이다. 이반 일리치는 이런 일을 가뿐하고 유쾌하고 점잖을 뿐 아니라 거장처럼 능수능란하게 해냈다. 휴식 시간에는 담배를 피우고 차를 마시며 정치, 일상사, 카드놀이 등을 조금씩 보태서 이야기를 나누었는데 제일 큰 관심사는 인사이동이었다. 그러고는 피곤하지만 자기가 맡은 부분을 멋들어지게 연주해 낸 오케스트라 제1바이올린 연주자의 기분을 품고 귀가했다. 집에 오면 모녀는 어디에 갔거나 손님을 접대하는 중이었다. 아들은 김나지움을 다녀와서 가정 교사들과 수업을 준비하거나, 김나지움에서 배운 것을 열심히 복습하고 있었다. 모든 것이 좋았다. 집에 손님이 없으면 식사를 한 다음, 가끔 사람들 입에 오르내리는 책을 읽고 저녁에는 업무를 보았다. 즉 서류를 읽고 법조문을 검토하고 여러 진술을 비교하고 법률 조항에 적용해 보는 것이었다. 이건 딱히 지루한 일도, 딱히 즐거운 일도 아니었다. 빈트를 할 수 있는 상황이었다면 이런 일이 지루했을 것이다. 하지만 빈트를 못 하는 상황이라면 어쨌든 혼자 멍하니, 혹은 아내와 단둘이 있는 것보다 일을 하는 편이 나았다. 이반 일리치는 사회적 신분이 높은 신사 숙녀를 불러서 조촐한 식사를 대접하기를 좋아했고, 또 그의 거실이 다른 모든 거실과 비슷하듯이, 자신의 일상이 그런 사람들이 시간을 보내는 방식과 비슷하다는 사실에 흡족해했다.

한번은 그의 집에서 저녁 모임을 열었고, 춤까지 추었다. 이반 일리치도 즐겁고 모두 만족했지만 그만 케이크와 과자 때문에 아내와 크게 싸우고 말았다. 프라스코비야 표도로브나에겐 나름의 계획이 있었지만, 이반 일리치가 죄다 값비싼 제과점에서 사겠노라고 고집을 부리며 케이크를 잔뜩 주문한 바람에 모두 남아돌고 45루블이나 청구되었으니 싸운 것이었다. 다툼이 커져서 볼썽사나워지자 프라스코비야 표도로브나는 "멍청한 투덜이 같으니."라고 말했다. 그도 자기 머리를 움켜쥔 채 이혼을 암시하는 말들을 속으로 웅얼거렸다. 그래도 저녁 모임 자체는 즐거웠다. 최상류층의 모임이었고, 이반 일리치는 '나의 고뇌를 가져가 주오'라는 단체의 설립자로 유명한 여성의 자매인 트루포노바 공작 부인과 춤을 추었다. 업무상의 기쁨은 자존심의 기쁨이었고, 사회생활의 기쁨은 허영심의 기쁨이었다. 그러나 이반 일리치의 진정한 기쁨은 빈트놀이의 기쁨이었다. 인생에서 어떤 불미스러운 사건이 있더라도 다른 모든 사람들 앞에서 촛불처럼 환히 타오르는 기쁨이 하나 있다면 바로 마음에 맞는 좋은 친구들과 빈트 판을 벌이는 일, 반드시 네 명씩(다섯 명이서 할 때도 아주 좋아하는 척했지만 한 번씩 빠져야 할 때면 속상했다.) 짝을 지어 진지하게 머리를 굴려 가며 놀고 난 뒤(패가 허락하는 한)에 저녁을 먹고 포도주를 한잔하는 일이라고 그는 고백했더랬다. 빈트를 한다음, 특히 판돈을 조금 따고 나서(많이 따면 외려 불쾌하다.) 잠자리에 들 때면 더할 나위 없이 기분이 좋았다.

그들은 그렇게 살았다. 이반 일리치의 집은 최고급 상류 사회를 이루었고 고위층 인사들과 청년들도 드나들었다.

남편과 아내와 딸이 지인들 무리를 바라보는 관점은 완전히 일치했다. 벽마다 일본 접시가 걸린 거실로 몰려와서 다정한 척하는 온갖 친구와 친척 들, 특히 꾀죄죄한 자들이라면 다들 똑같이, 말을 맞출 필요도 없이, 깔끔하게 내쳤다. 이런 구질구질한 친구들은 곧 발길을 끊었고, 골로빈 집안에는 가장 훌륭한 사교계 인사만이 남았다. 청년들은 리잔카 주변을 맴돌았는데 페트리셰프, 즉 드미트리 이바노비치 페트리셰프의 아들이자 유일한 상속자인 예심 판사도 그랬다. 그래서 이반 일리치는 저들을 삼두마차에 태워 산책을 내보내거나, 아예 멍석을 깔아 줘야 하지 않을지 프라스코비야 표도로브나와 상의하곤 했다. 그들은 그렇게 살았다. 그렇게 모든 것이 변함없이 흘러갔고, 매우 좋았다.

4장

모두 다 건강했다. 가끔 이반 일리치가 입속에서 이상한 맛을 느끼고 어쩐지 왼쪽 배가 좀 불편하다고 얘기하는 것을 두고 건강하지 않다고는 할 수 없었다.

그런데 이 불편함은 차차 커졌고, 아직 통증까지는 아니더라도 계속 옆구리가 묵직한 까닭에 불쾌했다. 이 더러운 기분이 점점 더 심해지자 그간 골로빈 가족이 누려 온 가뿐하고 품위 있고 유쾌한 삶마저 위태로워졌다. 남편과 아내는 더욱 자주 다투었으며 가뿐함과 유쾌함은 금세 사라져 버렸다. 다만 마지못해 품위만을 유지할 따름이었다. 다시 소란이 잦아졌다. 남편과 아내가 폭발하지 않고 함께 머물 수 있는 곳은 오직 작은 섬들뿐이었는데, 그 수마저 차츰 줄어들었다.

프라스코비야 표도로브나는 남편이 견디기 힘든 성격의 소유자라 주장했고 이번엔 근거가 없지는 않았다. 원래도 뭐든 과장하는 습관이 있던 그녀는 자기가 착했기에 망정이지 이십 년이나 매양 저렇게 끔찍한 성격을 참아 주었노라고 말했다. 지금의 다툼은 정녕 그에게서 비롯되었다. 항상 식사 직전에, 정확히 수프를 뜰 때쯤 자주 트집을 잡았다. 접시 어디에 이가 빠졌다느니, 음식 맛이 좀 아니라느니, 아들이 팔꿈치를 식탁에 올려놓았다느니, 딸의 머리 모양이 어떻다느니 꼭 한 소리를 했다. 그러고는 모든 문제를 프라스코비야 표도로브나의 탓으로 돌리는 것이었다. 처음에 프라스코비야 표도로브나는 험한 말을 늘어놓으며 대들었지만 그가 밥상머리에서 두어 번이나 너무 난폭하게 굴었으므로 아마 섭식으로 인한 내부의 병이리라 판단하고 그냥 참아 주기로 했다. 더는 대들지도 않고 그냥 서둘러 식사를 마칠 뿐이었다. 이렇게 참아주는 행위를 프라스코비야 표도로브나는 대단한 위업이라 생각했고, 남편의 성격이 너무 끔찍해서 자기 인생 역시 불행해졌노라고 결론을 짓고 나니 스스로가 슬슬 불쌍하게 여겨졌다. 자신을 더 불쌍하게 여길수록 남편을 더욱 증오하게 되었다. 남편이 죽었으면 하는 마음도 있었으나, 그러면 봉급마저 사라질 테니 대놓고 바랄 수는 없었다. 그 점이 그녀의 반감을 더 부채질했다. 스스로가 너무나 박복했고, 남편의 죽음조차 자기를 구원할 수 없으리라는 생각에 짜증이 나면서도 그것을 숨겨야 했다. 그러다 보니 억눌린 짜증이 또다시 남편의 짜증을 더 부추겼다.

이반 일리치는 유난히 억지를 부려서 한바탕 부부 싸움을 한 다음, 자신의 신경질이 꼭 병 때문인 듯하다고 말했다. 그녀는 아프면 치료를 받아야 한다며 저명한 의사에게 어서 가 보라고 재촉했다.

그래서 갔다. 모든 것이 그의 예상대로였다. 모든 것이 항상 그랬던 대로 진행되었다. 순서를 기다리는 것도, 법정에서 그 자신이 그러했기에 익히 아는 짐짓 근엄한 척하는 의사의 태도도, 여기저기 두드려 보고 환자의 말을 경청하는 것도, 미리 정해져 있기에 굳이 답할 필요 없는 질문을 던지는 것도, 그저 우리한테 맡겨 주면 모두 알아서 처리하리라고, 모든 것을 어떻게 처리해야 할지 확실히 잘 안다고, 치료를 원하는 사람이면 누구든 똑같이 대한다고 주장하는 의미심장한 표정도 말이다. 모든 것이 법정과 똑같았다. 그가 법정에서 피고를 대하며 짓는 표정을, 저명한 의사는 환자를 대하며 똑같이 짓는 것이었다.

의사는 이런저런 말을 하고, 당신 내부에는 이런저런 문제가 있다고 지적했다. 하지만 이런저런 검사를 해도 확진할 수 없다면 이런저런 것을 가정해야 한다고, 만약 이런저런 것을 가정한다면 그때는……. 이반 일리치에게 중요한 것은 오직 하나, 자신의 건강 상태가 위중한지 아닌지 하는 문제였다. 의사는 이 부적절한 질문을 무시했다. 의사의 관점에서 이 질문은 논할 가치도 없을 만큼 공소한 것이었다. 오직 신하수증인지, 만성 카타르나 맹장염인지 그 가능성을 가늠해 볼 뿐이었다. 요컨대 이반 일리치의 목숨에 대한 의문은 없고, 오직 신하수증인지 맹장염인지를 두고 논쟁할 따름이었다. 그리고 그

논쟁 끝에 의사는 이반 일리치의 눈앞에서 휘황찬란하게 맹장염 쪽으로 가닥을 잡았고, 소변 검사를 통해 새로운 증거가 나오면 그때 가서 다시 검토하리라고 단서를 달았다. 이 모든 절차는 그동안 이반 일리치가 피고에게 그토록 휘황찬란하게 늘어놓은 것과 완전히 똑같았다. 의사는 역시나 휘황찬란하게 요약해 준 다음, 안경을 살짝 내리고서 의기양양하고 즐겁게 피고를 내려다보았다. 의사의 요약문을 통해 이반 일리치는 나쁘다는, 즉 의사는, 아니 어쩌면 모든 사람 역시 관심 없을 테지만 자기 상태가 나쁘다는 결론을 도출했다. 이 결론에 병적으로 충격을 받은 이반 일리치의 내부에서는 자신에 대한 크나큰 동정심이, 그리고 이토록 중요한 문제에 지독히 무심한 의사를 향한 크나큰 증오심이 치솟았다.

하지만 그는 아무 말 없이 일어나서 돈을 탁자 위에 얹고 한숨을 쉬며 말했다.

"우리 같은 환자들은 분명히 선생님께 부적절한 질문을 던지는 일이 종종 있지요." 그가 말했다. "대체로 이건 위중한 병인가요, 아닌가요?"

의사는 엄격한 표정을 지으며 안경 너머의 한쪽 눈으로 그를 쳐다보았다. 흡사 자신이 설정한 문제의 경계 안에 머물지 않으면 피고를 법정에서 당장 끌어내도록 조치할 수밖에 없으리라고 말하는 것 같았다.

"필요하고 적절한 내용은 이미 말씀드렸습니다." 의사가 말했다. "그다음은 검사 결과가 나와 봐야 압니다." 그러고서 의사는 몸을 숙여 인사했다.

천천히 밖으로 나온 이반 일리치는 음울하게 썰매 마차에 올라타고 집으로 출발했다. 집으로 가는 내내 의사의 말을 끊임없이 곱씹으며, 이 모든 혼란스럽고 불명확한 학술적 용어를 평범한 언어로 옮겨 보았다. 거기서 나쁜지 어떤지, 즉 나의 상태가 몹시 나쁜가, 아니면 아직은 괜찮은가, 라는 질문에 대한 답을 읽어 내려고 애썼다. 의사의 말을 종합해 보자면, 그의 상태가 전부 매우 나쁘다는 의미인 것 같았다. 길거리의 모든 것이 이반 일리치에겐 슬퍼 보였다. 마부들도 슬프고, 집들도 슬프고, 행인들도, 상점들도 슬펐다. 이 통증, 단 일 초도 멈추지 않고 먹먹하게 쑤셔 대는 이 통증은 의사의 불분명한 말과 어우러지며 한결 더 심각한 의미를 띠었다. 이반 일리치는 이제야 새삼 무거운 마음으로 통증에 귀를 기울였다.

집에 도착한 그는 아내에게 이야기했다. 아내는 경청했고, 그가 한창 말하는 중에 모자를 쓴 딸이 들어왔다. 딸은 어머니와 함께 외출할 참이었다. 이 지루한 이야기를 들으려고 마지못해 잠깐 앉았으나 오래 버티지 못했다. 아내도 끝까지 집중하지 못했다.

"뭐, 정말 안심이네요." 아내가 말했다. "그럼 이제 약만 꼬박꼬박 먹으면 되니까. 처방전 줘요, 게라심을 약국에 보낼 테니." 그러고서 그녀는 옷을 입으러 갔다.

그는 아내가 방 안에 있는 동안 숨도 제대로 못 쉬다가 그녀가 나간 뒤에야 무겁게 한숨을 내쉬었다.

"그래, 뭐." 그가 말했다. "정말로 아직은 괜찮을지도 모르지⋯⋯."

그는 약을 먹었고, 소변 검사의 결과에 따라 바뀌는 의사의 지시 사항을 그대로 이행했다. 그러나 검사 결과와 그에 상응해야 마땅한 증상 사이에서 어떤 혼란이 발생했다. 굳이 의사에게 갈 것도 없이, 의사의 말과는 너무나 다른 일이 벌어졌다. 그가 깜박했거나, 거짓말했거나, 무엇을 감추는 것이었다.

그럼에도 이반 일리치는 의사의 지시 사항을 똑바로 이행했고 처음 한동안은 그런 대처에 위안을 느꼈다.

병원을 방문한 시점부터, 위생과 복약에 관한 의사의 지시 사항을 똑바로 따르고 자신의 통증과 유기체 조직의 일거수 일투족에 귀를 기울이는 것이 이반 일리치의 주요한 일과가 되었다. 다른 사람들의 질병과 건강 역시 그의 중대한 관심사가 되었다. 그가 있는 자리에서 병든 사람이나 죽은 사람, 회복한 사람의 이야기를 할 때면, 특히 비슷한 병증이 화제에 오를 때면 애써 흥분을 감추고 집중한 채 이것저것 캐묻고 자기 병에 적용해 보았다.

통증은 줄어들지 않았다. 그러나 이반 일리치는 억지로라도 상태가 나아졌다고 생각하고자 애썼다. 흥분할 일이 없을 때는 자신을 기만할 수 있었다. 하지만 아내와 불미스러운 다툼을 벌이거나 업무상 실수를 저지르거나 빈트에서 운이 따라주지 않으면 그 즉시 병의 저력을 온전히 체감해야 했다. 예전 같으면 일이 잘 안 풀리더라도 곧장 잘못을 바로잡고 투지를 발휘해서 성공하길, 대박을 터뜨리길 기대했다. 그러나 요즘엔 일이 조금만 안 풀려도 기가 팍 죽고 절망에 빠졌다. 그는 스스로에게 말하곤 했다. 이제 겨우 몸이 좀 낫고 약도 슬

슬 효과를 발휘하는데, 제기랄 이렇게 재수 없고 거지 같은 일
이 생기다니……. 그러고는 정말 재수 없거나 거지 같은 일을
저지르고, 자신을 못살게 구는 사람들에게 성질을 부렸다. 이
런 분노야말로 자기를 괴롭히고 있음을 느끼면서도 억누를 수
가 없었다. 주변 상황과 사람들에 대한 분노가 병세를 악화시
킴을, 따라서 불쾌한 사건에는 신경을 꺼야 함을 그도 분명히
알았을 터다. 그런데 완전히 정반대의 결론에 이르렀다. 스스
로 자기에게는 안정이 필요하다고 얘기하면서 그 안정을 파괴
하는 모든 것에 관심을 주고, 그래서 안정이 조금이라도 파괴
되면 다시 신경질을 냈다. 의학서를 읽고, 의사와 상담하다 보
면 병세는 더욱 악화했다. 그럼에도 악화하는 속도가 워낙 완
만해서 자신을 속일 수 있었고, 하루하루 비교해 봐도 병세의
차이는 미미했다. 하지만 의사들과 상담하면 병세가 더더욱,
심지어 몹시 빨리 나빠지는 듯 여겨졌다. 그럼에도 그는 꾸준
히 의사들과 상담을 했다.

이번 달에도 또 다른 저명한 의사를 찾아갔다. 이 의사도
첫 번째 의사와 거의 똑같이 말했지만 문제를 설정하는 방식
만이 달랐다. 이 명의와 상담하면서 이반 일리치의 의심과 불
안은 한층 깊어졌다. 친구의 친구이자 대단히 훌륭한 또 다른
의사는 완전히 다른 진단을 내놓으며 이반 일리치더러 완치될
수 있다고 장담했지만, 그가 늘어놓는 이런저런 질문과 가정
은 이반 일리치를 더욱더 혼란과 의혹에 빠뜨렸다. 동종 요법
전문의는 완전히 다른 진단을 내리고 약을 처방해 주었는데,
이반 일리치는 아무도 모르게 일주일 내내 그 약을 복용했다.

그러나 일주일이 지나도 차도가 없자 이전 치료법에도, 이번 치료법에도 신뢰를 상실하고 한층 침울해졌다. 한번은 알고 지내던 한 부인이 성화(聖畵)를 이용한 치료법 이야기를 들려주었다. 이반 일리치는 귀가 솔깃했고 또 그 효능을 믿는 자신의 모습을 발견했다. 그러고는 이 사건에 경악하고 말았다. '아니, 내 정신 상태가 이렇게 약해졌단 말인가?' 그는 스스로에게 말했다. '부질없지! 전부 헛소리야, 괜한 의심은 하지 말고 의사 한 사람을 딱 골라서 그의 치료법을 엄격히 준수해야 한다. 그래야겠어. 이제 끝. 생각은 그만하고 여름까지 철저하게 치료법을 준수하자. 그때면 뭔가 좀 보일 테지. 이제 이런 망설임은 끝이다!' 말이야 쉽지만 실천하기란 불가능했다. 여전히 괴로운 옆구리 통증은 점점 더 심해졌고 숫제 만성이 되었다. 입속에서는 점점 이상한 맛이 느껴졌고, 뭔가 역겨운 냄새가 올라오는 것 같아서 식욕이 떨어졌으며 기력도 몹시 쇠약해졌다. 자신을 속일 수조차 없었다. 뭔가 끔찍하고 낯선 것, 이반 일리치의 인생에서 지금껏 겪은 적 없는, 너무나 의미심장한 뭔가가 그의 내부에서 일어나고 있었다. 오직 자신만이 이 사실을 알 뿐, 주변 사람들은 모두 이해하지 못하거나 이해할 의지도 없이 세상의 모든 것이 이전처럼 돌아가고 있다고 생각했다. 이반 일리치는 그 점이 제일 괴로웠다. 그가 보기에 집안 사람들, 특히 외출하느라 한창 신이 난 아내와 딸이 아무것도 이해하지 못한 채 우울하고 까탈스러운 그에게 신경질을 내며 전부 그의 잘못이라고 하는 듯했다. 그들은 그런 눈치를 보이지 않으려고 애썼음에도 이반 일리치는 스스로 그들에게 휘

방꾼임을, 또 아내가 그의 병에 대해 특정한 입장을 딱 정해 놓고 그의 말이나 행동과 무관하게 처신하고 있음을 알았다. 그 태도란 이런 것이었다.

"아시다시피." 하고 그녀가 지인들에게 말했다. "이반 일리치는, 착한 사람들이 다 그렇지만, 의사의 지시 사항을 철저히 지키지 못해요. 지금은 물약도 복용하고 지시대로 식사도 하고 제때 잠자리에 든다고 칩시다. 하지만 내가 잠시라도 한눈을 팔면 갑자기 약을 깜박하고, 철갑상어 요리를(금지된 음식인데 말이죠.) 먹고, 새벽 1시까지 빈트 판에 죽치고 있다니까요."

"아니, 언제?" 이반 일리치가 신경질을 내며 대꾸했다. "표트르 이바노비치 집에서 딱 한 번 그런 걸 갖고."

"어제는 셰베크 집에서 했잖아요."

"어차피 아파서 잘 수가 없으니까……."

"이유야 어떻든 그런 식으론 절대 낫지 못할 거예요. 우리만 괴롭히는 거죠."

남편의 병에 대해 프라스코비야 표도로브나가 다른 사람들과 심지어 당사자에게 공공연히 이야기하는 입장이란, 이 병은 전적으로 이반 일리치의 잘못이며 바로 그 때문에 아내인 자기가 새삼 불미스러운 일을 겪고 있다는 것이었다. 이반 일리치는 아내가 저도 모르게 그렇게 생각하고 있음을 절감했지만 그럼에도 마음이 풀리지는 않았다.

이반 일리치는 법원에서도 자신을 대하는 눈빛이 이상해졌음을 알아차렸다. 아니, 그렇다고 생각했다. 어떨 때는 곧 자리를 비워 줄 사람처럼 자신을 힐끗힐끗 쳐다보는 것만 같았다. 그러다가 친구들은 돌연 친근한 척을 하며 무슨 건강 염려증이냐며 골리기도 했다. 결코 들어 본 적도 없는 것이 그의 내부에서 생겨나 끊임없이 그를 빨아먹고, 사정없이 어디론가 끌고 가는데 어찌 이토록 끔찍하고 무서운 뭔가가 제일 신나는 농담거리가 될 수 있단 말인가. 특히 시바르츠의 예의 장난기 넘치고 생기발랄한 우아함을 보자, 이반 일리치는 십 년 전의 자기 모습이 떠올라서 짜증이 났다.

한번은 친구들이 찾아와서 카드 판을 벌이려고 둘러앉았다. 패가 돌아가자 새 카드를 살짝 구부려서 부드럽게 만들었다. 그리고 다이아몬드는 다이아몬드끼리 모았더니 총 일곱 장이었다. 파트너가 으뜸패 없이 하겠다며, 다이아몬드 두 장을 밀어 주었다. 무엇을 더 바라겠는가? 흥겹고 힘이 샘솟아야 마땅하리라. 어차피 대박일 테니까. 그런데 갑자기 이반 일리치는 저 게걸스러운 통증과 입속의 쓴맛을 느꼈고, 그런 와중에 대박이라며 좋아할 수 있다는 사실이 어쩐지 기괴하게 여겨졌다.

그는 파트너인 미하일 미하일로비치가 혈기 왕성한 손으로 탁자를 두드리며 유리한 패를 점잖고 관대하게 포기한 뒤, 이반 일리치가 손을 멀리 뻗지 않고도 수월하게 그 패를 모으는 만족감을 느낄 수 있도록 밀어 주는 모습을 바라보았다. '이 친구는 내가 손을 뻗을 힘도 없다고 생각하는 건가.' 이반 일리치는 이런 생각을 하다가 깜박 실수를 저질렀고, 자기편의 으뜸패를 내놓는 바람에 3점이 모자라서 대박을 터뜨리지 못했다. 무엇보다 끔찍한 사실은, 미하일 미하일로비치가 괴로워하는 모습을 보면서도 정작 자신은 아무렇지 않다는 것이었다. 대체 왜 아무렇지 않은지 생각하기조차 끔찍했다.

다들 그가 힘들어하는 모습을 보더니 말한다. "피곤하시면 우리 그만하죠. 좀 쉬세요." 쉬라고? 아니, 그는 조금도 피곤하지 않다. 결국 그들은 세 판 승부를 끝까지 밀고 나간다. 다들 침울하고 말이 없다. 이반 일리치는 자기 탓에 분위기가 이렇게 가라앉았다는 사실을 절감하면서도 어쩔 도리가 없다. 그들은 저녁을 먹고 각자 집으로 돌아갔다. 혼자 남은 이반 일리치는 자기 삶에 독이 스며들었고, 그것이 남들의 삶으로까지 퍼지고 있음을, 이 독이 약해지기는커녕 점점 그의 존재 전체로 침투하고 있음을 의식했다.

그는 이런 의식과 더불어 육체적 통증과 공포까지 끌어안은 채 침대에 누워야 했고, 밤에도 너무 아파서 좀체 잠을 이룰 수 없었다. 하지만 아침이면 다시 일어나서 옷을 차려입고, 법원에 가고, 말을 하고, 서류를 썼다. 혹여 출근하지 않으면 하루 스물네 시간 동안 집에 틀어박힌 채 매시간 고통에 시달려야 했다. 그렇게 그는 자기를 이해하고 동정해 주는 사람 하나 없이 파멸의 벼랑에서 홀로 살아야 했다.

5장

그렇게 한 달, 두 달이 지났다. 새해를 앞두고 처남이 그들의 도시로 와서 그들 집에 묵었다. 이반 일리치는 법원에 가 있었다. 프라스코비야 표도로브나는 장을 보러 나갔다. 이반 일리치는 집의 서재로 들어서며 혈기 왕성한 처남이 막 트렁크를 풀고 있는 모습을 보았다. 그의 발소리에 고개를 든 처남은 일 초쯤 말없이 그를 쳐다보았다. 그 시선이 이반 일리치에게 모든 것을 말해 주었다. 처남은 입을 쩍 벌리고 "아." 하고 탄식하려다가 꾹 눌러 삼켰다. 이 몸짓이 또한 모든 것을 확증해 주었다.

"왜, 내가 많이 변했나?"

"예……. 조금 변하셨네요."

이참에 이반 일리치는 화제를 자기 외모로 돌리려 했지만 처남은 침묵을 고수했다. 프라스코비야 표도로브나가 돌아오자 처남은 누나한테 갔다. 이반 일리치는 방문을 걸어 잠그고 거울에 비친 자신의 앞모습을, 그다음에는 옆모습을 살펴보았다. 부부의 초상화를 떼 와서 거울 속 모습과 비교해 보았다. 어마어마한 변화였다. 그러고는 소매를 팔꿈치까지 걷어 올리고 살펴본 뒤에 다시 소매를 내리고 소파에 앉았다. 낯빛은 밤보다 더 어두웠다.

"아니, 이럴 거 없어." 그는 혼잣말을 하며 벌떡 일어서더니 책상으로 다가갔다. 서류 더미를 펼쳐서 읽기 시작했지만 도무지 읽히지 않았다. 문을 열고 홀로 갔다. 거실 문은 닫혀 있었다. 그는 발뒤꿈치를 들고 문가로 가서 귀를 기울였다.

"너도 참 호들갑이다." 프라스코비야 표도로브나가 말했다.

"호들갑이라니? 누나 눈에는 안 보여? 매형은 죽은 사람이야, 매형의 눈을 보라는 말이야. 초점이 없잖아. 대체 무슨 일이야?"

"아무도 몰라. 니콜라예프(이 사람은 또 다른 의사였다.)가 뭐라고 하던데 나는 모르겠어. 레셰티츠키(이 사람이 그 저명한 의사였다.) 얘기는 정반대고……."

이반 일리치는 그냥 물러나서 자기 방으로 돌아왔고, 자리에 누운 채 생각에 잠겼다. '신장이 문제야, 신하수증.' 그는 신장이 제자리를 벗어나서 이리저리 배회한다는 의사들의 말을 하나하나 떠올렸다. 그리고 열심히 상상력을 발휘하여 이놈의 신장을 붙잡아서 고정하려고 애썼다. 별로 힘들지 않을 듯 여겨졌다. '아니, 표트르 이바노비치에게 한번 가 보자.'(이 사람은 의사 친구를 둔, 그의 친구였다.) 그는 종을 울려 말을 매라고 명령하고 외출을 준비했다.

"어디 가요, 장?[13]" 이렇게 물어보는 아내의 표정이 유달리 슬프고 또 평소와 달리 착해 보였다.

여느 때와 다르게 착한 그녀의 표정이 그의 부아를 돋웠다. 그는 시무룩하게 그녀를 쳐다보았다.

"표트르 이바노비치에게 가 봐야겠어."

그는 의사 친구를 둔 친구에게 갔다. 그리고 그와 함께 의사에게 갔다. 마침 그를 바로 만났고 오랫동안 상담했다.

의사의 소견을 들으며 자기 내부에서 일어나는 일을 해부학적이고 생리학적인 관점에서 자세히 검토한 그는 모든 것을 이해했다.

맹장에 뭔가 작은 문제가 하나 생겼다. 얼마든지 고칠 수 있다. 한 기관의 기력을 강화하고 다른 기관의 활동을 다스리면 흡입 작용이 일어날 테니, 얼마든지 고칠 것이다. 그는 식사 시간에 약간 늦었다. 식사를 하며 즐겁게 대화를 나누었지만 업무를 보러 가는 데는 오랫동안 뭉그적댔다. 마침내 서재로 가서 곧장 업무를 시작했다. 서류를 읽으며 일하고 있음에도 이것을 끝마친 뒤 즉시 처리해야 할 일, 마음 한편으로 밀어 둔 중대한 일이 있다는 의식이 그를 떠나지 않았다. 비로소 일을 마치자 이 마음 한편에 밀어 놓은 일이 바로 맹장 생각이었음을 깨달았다. 하지만 그 생각은 접어 두고 차를 마시러

---

13) Jean. 이반의 프랑스어 이름이다.

거실로 나갔다. 손님들이 와 있었고, 그들은 이야기를 하고 피아노를 연주하고 노래를 불렀다. 딸의 신랑감으로 점찍어 둔 예심 판사도 있었다. 이반 일리치는 프라스코비야 표도로브나의 지적대로 다른 누구보다 즐겁게 저녁 시간을 보냈지만 맹장에 대한 중대한 상념을 미루어 두었다는 사실만큼은 단 한순간도 잊지 않았다. 11시에는 그만 인사를 하고 방으로 갔다. 병이 난 뒤로 그는 서재 옆 작은 방에서 혼자 잤다. 거기서 옷을 벗고 졸라의 소설을 집어 들었으나 읽지는 않고 생각에 잠겼다. 그의 상상 속에서 맹장은 그토록 바라던 대로 치료되고 있었다. 병을 흡입하고 제거하니 올바른 활동을 재개했다. '그래, 바로 이거다.' 그는 자신에게 말했다. '오직 자연의 섭리를 도와주어야 한다.' 약 생각이 난 그는 자리에서 일어나 약을 먹고, 등을 대고 똑바로 누워서 약 기운이 얼마나 잘 도는지, 어떻게 통증을 없애는지 지그시 살폈다. '오직 꾸준히 약을 챙겨 먹고 건강에 해로운 것을 피해야 한다. 벌써 한결 좋아진 느낌인걸.' 옆구리를 눌러 보았는데 아프지 않았다. '그래, 정말로 아무 느낌이 없잖아, 한결 좋아진 거야.' 그는 촛불을 끄고 모로 누웠다……. 맹장이 나아지며 기력을 흡입하고 있다. 그런데 갑자기 저 익숙하고 해묵은, 먹먹하고 쿡쿡 찌르는 통증이, 저 집요하고 조용하고 묵직한 통증이 느껴졌다. 입속에서는 예의 그 익숙한 역한 맛이 났다. 심장이 죄어들고 머릿속이 아득해졌다. '맙소사, 맙소사!' 그가 말했다. '다시, 다시 시작이다, 절대 멈추지 않을 거야.' 그러자 돌연 상황이 전혀 다른 각도에서 조망되었다. '맹장이라고! 신장이라고!' 그는 자신에게 말했다. '문제는 맹장도 신장도 아니야, 삶과…… 죽음의 문제다. 그렇다, 삶이 있다가 지금 떠나는, 떠나는 중인데도 나는 그것을 붙잡아 둘 수 없다. 그렇다. 뭣 하러 나 자신을 기만할 것인가? 내가 죽어 간다는 사실을 나만 빼고 모두 분명히 아는데. 문제는 오직 몇 주냐, 며칠이냐 하는 것뿐이야. 어쩌면 지금일지도 모른다. 빛이 있었지만 바야흐로 암흑이다. 내가 여기에 있었는데 이제 저리로 가겠구나! 어디라고?' 그는 오싹 소름이 돋았고 숨이 턱 막혔다. 심장이 쿵쾅대는 소리만이 들렸다.

'내가 없다면, 그럼 뭐가 있을까? 아무것도 없을 것이다. 내가 없어진다면 대체 나는 어디에 있게 되는 것일까? 정녕 죽음인가? 안 돼, 싫어.' 그는 벌떡 일어나서 촛불을 밝히려고 부들부들 떨리는 손을 놀리다가, 양초와 촛대를 모두 마룻바닥에 떨어뜨렸다. 그러고는 다시 베개 위로 드러누웠다. '굳이 왜? 다 마찬가지인걸.' 뜬눈으로 어둠을 응시하며 자신에게 말했다. '죽음이라니. 그렇다, 죽음. 저들은 아무것도 모르고, 알고 싶어 하지도 않고, 가엾어하지도 않는다. 그저 즐길 따름이다.(멀리 문 뒤로 웅성대는 목소리와 음악 소리가 들려왔다.) 저들도 아무려나 마찬가지야, 어차피 다들 죽을 테니까. 바보같이. 나는 좀 일찍, 저들은 좀 있다가 떠날 뿐이다. 저들에게도 똑같은 일이 일어날 것이다. 그런데도 신이 났군. 짐승 같은 놈들!' 분노가 치밀어 오르자 숨이 막혔다. 너무 힘들어서, 너무 아파서 참을 수가 없었다. 모든 사람이 반드시 이런 끔찍한 공포를 겪어야 하는 운명을 타고났을 리 없었다. 그는 일어났다.

'뭔가 잘못됐다. 우선 진정하고 모든 것을 처음부터 곰곰 따져 봐야 한다.' 그러고는 살펴보기 시작했다. '그래, 병이 시작된 순간부터 보자. 옆구리를 찧었지만 나는 말짱했고, 지금도 그렇고 내일도 그럴 것이다. 약간 쑤셨고, 그다음에 더 많이 쑤셨고, 그러고는 의사들을 찾아갔고, 이윽고 우울하고 괴로워서 또다시 의사들을 찾아갔지. 그러면서도 점점 더 심연을 향해 가까이 다가간 것이었다. 힘은 더욱더 빠졌다. 그럴수록 심연은 더 가까워졌고, 이젠 기진맥진하고 눈빛마저 흐려졌다. 문제는 죽음인데, 나는 맹장 생각이나 하다니. 맹장을 고칠 생각뿐이지만 실상 문제는 죽음이다. 정말로 죽음인가?' 또다시 공포가 엄습했다. 그는 숨을 헐떡이며 몸을 숙이고 성냥을 찾다가 작은 탁자에 팔꿈치를 부딪쳤다. 그놈이 걸리적거려서 분풀이를 하느라 통증은 더욱 심해졌고, 힘주어 신경질을 내다가 결국 모조리 엎어 버렸다. 그러고는 절망에 빠져서 헐떡이며 풀썩 쓰러지듯 드러누우니 지금 당장이라도 죽을 것 같았다.

그 시각, 손님들은 떠나는 중이었다. 프라스코비야 표도로브나는 그들을 배웅했다. 그러다 뭔가 쿵 하는 소리를 듣고 방으로 들어왔다.

"무슨 일이에요?"

"아무것도 아니야. 뭘 그만 떨어뜨렸어."

그녀는 방을 나갔다가 다시 촛불을 들고 왔다. 그는 1베르스타[14]는 족히 달려온 사람처럼 힘겹게 가쁜 숨을 몰아쉬며 누

---

14) 1베르스타는 약 1.066킬로미터이다.

운 채 그녀를 뚫어져라 바라보았다.

"무슨 일이에요, 장?"

"아무것도…… 아니야. 뭘…… 그만…… 떨어뜨렸다니까."
'무슨 말을 하겠어. 어차피 이해하지 못할 텐데.' 그는 생각했
다.

그녀는 정말로 이해하지 못한 것 같았다. 촛대를 주워 들고
초에 불을 밝힌 뒤 서둘러 나갔다. 손님을 배웅해야 했다.

그녀가 다시 돌아왔을 때도 그는 여전히 드러누운 채 천장
을 쳐다보고 있었다.

"왜 그래요, 혹시 더 안 좋아졌나요?"

"응."

그녀는 고개를 갸우뚱거리며 잠시 앉아 있었다.

"있잖아요, 장, 내 생각으론 레셰티츠키를 집으로 초빙하면
어떨까 하는데."

저명한 의사를 초빙한다는 것은 곧 돈을 아끼지 않겠다는
뜻이다. 그는 표독스러운 미소를 지으며 말했다. "싫어." 그녀는
잠시 앉았다가 그에게 다가와서 이마에 입을 맞추었다.

그녀가 입을 맞추는 동안, 그는 가증스러운 그녀를 확 밀쳐
내지 않으려고 온 영혼을 다해서 안간힘을 썼다.

"그만 갈게요. 잘 자요."

"그래."

6장

이반 일리치는 자기가 죽어 가고 있음을 깨닫자 계속 절망에 빠져 있었다.

마음속 깊은 곳에서는 자신이 죽어 가고 있음을 알았지만 그것에 익숙해지기는커녕, 그저 이해되지 않았고 도무지 이해할 수도 없었다.

키제베터[15] 논리학에서 배운 삼단 논법의 예를 따르자면 카이사르는 인간이다, 인간은 죽는다, 고로 카이사르도 죽는다, 라고 했다. 그는 평생 이것이 카이사르에게만 해당하는 말이지 절대 자기에게는 적용되지 않으리라고 여겨 왔다. 카이사

---

15) 요한 고트프리트 카를 크리스티안 키제베터(Johann Gottfried Karl Christian Kiesewetter, 1766~1819). 독일의 철학자.

르는 보편적 인간이므로 이것은 완벽히 맞는 말이었다. 하지만 그는 카이사르 같은 보편적 인간이 아니라, 항상 모든 사람들과 다른, 완전히 특별한 존재였다. 그는 엄마와 아빠, 미탸와 볼로댜, 장난감, 마부와 유모, 그다음 카텐카, 유년과 소년과 청년 시절의 모든 기쁨과 슬픔과 환희를 가진 바냐였다.[16) 아니, 카이사르는 바냐가 그토록 아끼던 줄무늬 가죽 공의 냄새를 맡았을까? 아니, 카이사르가 어머니의 손에 입을 맞추었을까? 카이사르도 어머니의 비단 원피스 주름이 바스락거리는 소리를 들었을까? 아니, 법률 학교에서 고기만두를 얻기 위해 고군분투해 본 적이 있을까? 아니, 카이사르가 그토록 사랑에 빠진 적이 있을까? 아니, 카이사르가 그렇게 재판을 진행할 수 있었을까?

카이사르는 정확히 필멸의 존재고, 따라서 그가 죽는 것은 옳지만 나, 바냐, 이 모든 감정과 생각을 가진 이반 일리치라면 전혀 다른 문제다. 내가 죽어야 한다니, 있을 수 없는 일이다. 너무 끔찍한 일이다.

그는 이런 생각이 들었다.

'만약 나도 카이사르처럼 필멸의 존재라면 그런 줄 알았을 것이고 내면의 목소리가 나에게 그렇노라고 말해 주었을 텐데, 내 안에선 그 비슷한 어떤 낌새도 없었다. 나도, 나의 친구들도 우리 모두는 카이사르와 전혀 다른 존재라고 생각해 왔

---

16) 미탸, 볼로댜, 카텐카는 각각 드미트리, 블라디미르, 예카테리나의 애칭이고 바냐는 이반의 애칭이다.

다. 그런데 지금은 이 모양이다!' 그는 자신에게 말했다. '있을 수 없는 일이다. 있을 수 없는데도 일어난 일이다. 어떻게 이럴 수가 있지? 이걸 어떻게 이해해야 할까?'

이런 생각을 이해할 수 없었으므로 아예 거짓되고 옳지 않고 병적인 것이라 치부하며 쫓아 버리려 했다. 그 대신 다른 올바르고 건전한 생각을 하려고 애썼다. 하지만 죽음은 단순히 생각에 머물지 않고 엄연한 현실로 다시 돌아왔고, 그의 앞에 떡 버티고 서 있었다.

그는 죽음이 머무는 자리에 다른 생각들을 차례차례 불러들였고, 거기서 의지할 데를 찾을 수 있기를 바랐다. 여태껏 죽음에 대한 생각을 가려 주었던 지난날의 의식의 흐름 속으로 되돌아가려고 애썼다. 그런데 이상한 노릇이었다. 과거에는 죽음에 대한 의식을 감춰 주고 숨겨 주고 파괴했던 모든 것들이 이제 더는 어떤 효력도 발휘하지 못했다. 요즈음 이반 일리치는 대부분의 시간을 이렇게 죽음을 가려 준 예전의 감각을 복원하는 데 투자했다. "일하자, 일하며 살아온 몸이 아니던가."라고 말하기도 했다. 그러고는 온갖 의혹을 떨쳐 내며 법원으로 향했다. 동료들과 대화를 나누며 자리에 앉은 뒤, 오랜 습관대로 생각에 잠긴 듯 지긋한 시선으로 군중을 둘러보았다. 그리고 앙상한 두 손을 참나무 안락의자의 팔걸이에 얹고서 평소처럼 동료 쪽으로 몸을 기울인 채 서류를 밀어 주며 서로 속닥댔다. 그러다가 돌연 눈을 위로 치켜뜨고 자세를 바로잡으면서 의례적인 말을 내뱉은 다음 개정을 알렸다. 그러나 옆구리의 통증은 재판이야 진행되든 말든 아랑곳없이 갑자기 자신의 일을, 그 빨아들이는 일을 시작했다. 이반 일리치는 일에 집중하며 통증에 대한 생각을 쫓으려고 애썼지만 그놈은 여전히 자기 일을 이어 갔다. 게다가 그것까지 찾아와서 눈앞에 떡 버티고 선 채 노려보고 있으니 온몸이 딱 굳고 시야가 캄캄해지면서 다시 자문이 시작되었다. '정녕 그것만이 진실이라는 말인가?' 동료와 부하 들도 그토록 훌륭하고 예리한 판사였던 그가 갈팡질팡 실수를 연발하는 모습을 보고 놀라움과 안타까움을 금하지 못했다. 그는 몸을 추스르고 간신히 정신을 가다듬은 뒤 용케 재판을 끝마쳤다. 그러고는 참담한 심정으로 집에 돌아왔다. 법원 일도 그가 감추고 싶어 하는 것을 옛날처럼 숨겨 주지 못함을, 그를 그것에서 구원해 주지 못함을 깨달은 까닭이었다. 무엇보다 최악은 그것이 그를 자기 쪽으로 끌어당긴다는 점이었다. 그가 무얼 하도록 유도하는 게 아니라 오직 그것만을 똑바로 응시하도록, 그것을 응시하며 아무것도 못 하고 표현하지도 못할 만큼 고통스러워하도록 하는 것이었다.

이반 일리치는 이런 상태에서 벗어나고자 위안이 될 만한 다른 방어막을 찾아 헤맸고, 그 다른 방어막이 나타나서 잠시나마 그를 구원해 주는 듯도 했지만 금방 또다시 허물어졌다. 아니, 투명해졌다. 그 때문에 그것은 모든 것을 꿰뚫고 침투했으므로 그 무엇으로도 가릴 수 없었다.

요즘 그는 자신이 꾸민 거실에 들어가는 일이 잦았다. 지금 생각하니 쓴웃음이 나는 일이었다. 여기서 넘어졌고 그 부상 탓에 이 병이 시작되었노라고 판단했기 때문에, 결국 이곳을 단장하느라 목숨을 희생한 셈이었다. 거실로 들어서자 옻칠한 식탁에 뭔가 긁힌 자국이 눈에 띄었다. 그 원인을 찾던 이반 일리치는 앨범의 청동 장식 모서리가 구부러지며 흠집을 냈음을 발견했다. 사랑을 담아 장식한 고급 앨범을 집어 들었는데, 찢기고 엽서가 거꾸로 뒤집힌 데도 있어서 딸아이와 그 친구들의 칠칠찮음에 짜증이 났다. 그는 앨범을 정성껏 정리하고 구부러진 장식도 바로 펴 놓았다.

그다음에는 이 앨범이 놓인 가구의 에타블리스망[17]을 통째로 꽃나무가 있는 다른 구석으로 옮기자고 생각했다. 그는 하인을 불렀다. 그러자 딸아이와 아내가 도와준답시고 곁에 와서는 뜯어말리는 바람에 언쟁을 벌였고, 그는 화가 났다. 하지만 그러는 동안 그것이 떠오르지도, 보이지도 않았기 때문에 차라리 좋았다.

그런데 그가 직접 가구를 옮기려고 하니 아내는 말했다. "저기, 다른 사람 시켜요, 또 다치면 어쩌려고요." 갑자기 그것이 방어막 뒤에서 번득였고, 그는 그것을 보고야 말았다. 그것이 다시 자취를 감추길 바라면서도 부지불식간에 그는 옆구리에 신경을 집중했다. 모든 것이 그대로고, 똑같이 쑤셔 댔으므로 이미 잊을 수 없었고, 그것은 꽃나무 너머에서 그를 빤히 쳐다보고 있었다. 이게 다 무슨 소용인가?

'그렇다, 여기서 커튼을 달다가 기습당한 것처럼 목숨을 잃게 되는 것이다. 정말 그런가? 얼마나 끔찍한가, 얼마나 어리

---

17) Établissement. 일정한 장소에 놓거나 설치함을 의미하는 프랑스어.

석은가! 있을 수 없는 일이다! 있을 수 없음에도 엄연히 일어
난 일이다.'

그는 서재로 와서 자리에 누웠고, 다시 그것과 단둘이 남았
다. 서로 눈을 맞대고 있을 뿐 도무지 그것을 어떻게 할 수가
없었다. 그저 그것을 바라보며 싸늘해질 뿐이었다.

7장

병이 난 지 석 달 만에 이반 일리치가 어쩌다 이렇게 되었
는지, 워낙 눈에 띄지 않게 서서히 진행되었으므로, 좀체 설명
할 수 없었다. 하지만 아내와 아들딸, 하인과 지인과 의사 들,
무엇보다 그 스스로 깨달은 점이 있는데 바로 그에 관한 다른
사람들의 주된 관심사란 결국 오직 그가 언제 자리를 비워 줄
지, 그의 존재로 인한 저 억압에서 살아 있는 사람들이 언제
해방될지, 또 그가 언제 저 고통에서 놓여날지에 쏠려 있다는
것이었다.

그는 잠이 점점 줄었다. 아편을 쓰고 모르핀을 투약하기 시
작했다. 그래도 통증을 누그러뜨리지는 못했다. 반쯤 잠든 상
태에서 경험하는 먹먹한 괴로움은 뭔가 새로웠으므로 처음에
는 통증을 달래 주는 것 같았지만 그다음엔 노골적인 통증이

나 다를 바 없거나 그보다 훨씬 더한 고통이 엄습했다.

음식도 의사들의 처방에 따라 만든 특별식을 먹었는데 날이 갈수록 하나같이 맛없고 역겨워졌다.

배변 때문에 특수 용변기를 제작했고, 그 역시 매번 고문이었다. 불결하고 창피하고 냄새가 날뿐더러, 이런 하찮은 일까지 다른 사람의 도움을 받지 않으면 안 된다는 의식에서 비롯하는 고문이었다.

하지만 이토록 불쾌한 와중에도 이반 일리치에게 위안을 주는 존재가 있었다. 항상 그의 배설물을 내가러 들르는 주방 하인 게라심이었다.

게라심은 도시물을 먹어서 깨끗하고 풋풋하고 통통하게 살이 오른 젊은 농군이었다. 항상 명랑하고 밝았다. 이반 일리치는 처음에 러시아식 복장을 늘 깨끗하게 차려입은 이 사람이 이렇게 역겨운 일을 하는 모습을 보고 당혹스러웠다.

한번은 용변기에서 일어난 뒤 바지를 추켜올리다가 그만 기운이 빠져서 푹신한 안락의자에 털썩 주저앉았고, 벌거벗은 채 핏줄만 툭툭 불거진 힘없는 넓적다리를 바라보며 공포를 느꼈다.

그때 게라심이 두툼한 장화에 묻은 타르와 신선한 겨울 공기에 섞인 상쾌한 냄새를 풍기며 가볍고 힘찬 걸음걸이로 들어왔다. 삼베로 만든 깨끗한 앞치마를 두르고 말끔한 나사 셔츠를 입었는데, 소매를 걷어 올린 덕분에 젊고 튼튼한 맨살이 드러나 있었다. 그는 환자의 기분을 상하게 할까 봐 얼굴 위로 빛나는 삶의 기쁨을 애써 억누르는 기색이 역력했다. 이반 일리치 쪽은 아예 쳐다보지도 않고 곧장 용변기로 다가갔다.

"게라심." 이반 일리치가 힘없이 말했다.

게라심은 혹시 무슨 실수를 하지 않았나 깜짝 놀라서 몸을 움찔하더니, 이제 막 턱수염이 나기 시작한 싱싱하고 선량하고 소박하고 젊은 얼굴을 얼른 환자 쪽으로 돌렸다.

"뭘 도와 드릴까요?"

"이런 일이 좀 찜찜하지 않은가. 미안하네. 어쩔 수 없군."

"별말씀을요." 게라심은 눈을 반짝이며 젊고 하얀 치아를 드러냈다. "힘들 게 뭐 있어요? 나리는 몸이 편찮으시잖아요."

그는 날렵하고 튼튼한 두 손으로 몸에 익은 일을 다 해치운 다음, 가벼운 걸음걸이로 나갔다. 그러고는 오 분 뒤에 역시나 가벼운 걸음걸이로 돌아왔다.

이반 일리치는 계속 안락의자에 앉아 있었다.

"게라심." 하인이 깨끗하게 씻은 용변기를 제자리에 올려놓을 때 그가 말했다. "이리 와서 나를 좀 도와주게." 게라심이 다가왔다. "나를 좀 일으켜 줘. 혼자서는 힘든데 드미트리를 내보냈지 뭔가."

그에게로 다가온 게라심은 앞서 가벼운 걸음걸이를 자랑했듯 그토록 튼튼한 손으로 날렵하게 그를 안아서 부드럽게 일으켰다. 그렇게 그를 부축한 채 다른 한 손으로는 바지를 끌어 올리고 자리에 앉히려 했다. 하지만 이반 일리치는 소파로 데려다 달라고 부탁했다. 게라심은 별로 힘들이지 않고, 또 너무 거칠지 않게 그를 거의 들고 나르다시피 소파로 데려가 앉혔다.

"고맙네. 모든 일을 이렇게 척척 해내는군……. 참 잘해."

게라심은 다시 미소를 짓고 나가려 했다. 그러나 그와 함께 있음이 좋았던 이반 일리치는 이대로 내보내기 싫었다.

"저 말이야, 이 의자 좀 옮겨 주게. 아니, 바로 이쪽, 발밑으로. 다리를 이렇게 올려놓으면 좀 편하거든."

게라심은 의자를 번쩍 들고 와서 쿵 찍지도 않고 단번에 정확히 마룻바닥에 내려놓은 다음, 이반 일리치의 두 다리를 의자 위에 올려 주었다. 게라심이 두 다리를 높이 올려 줄 때 이반 일리치는 마음이 좀 편안해짐을 느꼈다.

"다리를 올려놓으면 한결 좋아." 이반 일리치가 말했다. "저기 저 쿠션도 좀 받쳐 주게."

게라심은 그대로 따랐고, 다시 다리를 들어 올렸다가 내려놓았다. 게라심이 다리를 들어 주는 동안, 이반 일리치는 다시 명랑해졌다. 그러나 다리를 내려놓자 또다시 기분이 언짢았다.

"게라심." 그가 말했다. "지금 바쁜가?"

"전혀 그렇지 않습니다." 게라심은 분명 도시 사람들에게서 주인과 말하는 법을 배운 것이다.

"자네 뭐 더 할 일이 있나?"

"더 할 일이 뭐가 있겠습니까? 전부 해 두었고, 내일 쓸 장작만 패면 되는걸요."

"그럼 내 다리를 그렇게 좀 들어 줄 수 있겠나?"

"그럼요, 되고말고요." 게라심은 그의 다리를 좀 위로 들어 올렸다. 그 자세로 있으니 이반 일리치는 전혀 고통을 느끼지 않았다.

"장작은 어쩐다지?"

"걱정하지 마세요. 다 할 수 있습니다."

이반 일리치는 게라심에게 다리를 좀 들어 달라고 부탁한 뒤, 이야기를 나누었다. 이상하게도 게라심이 이렇게 다리를 들어 주면 기분이 한결 좋아지는 것 같았다.

그때부터 이반 일리치는 가끔 게라심을 불러서 그의 어깨에 다리를 걸쳐 놓은 채 그와 이야기하기를 즐겼다. 게라심은 그 일을 가뿐히, 기꺼이, 그저 선한 마음으로 해 주었고, 이반 일리치는 감동했다. 다른 사람들의 건강, 체력, 삶의 원기에는 모욕감을 느끼면서도 게라심의 체력과 삶의 원기에는 괴로워하기는커녕 위안을 받았다.

이반 일리치를 제일 괴롭힌 것은 거짓이었다. 왠지 모두가 그에게 거짓말을 하는 것 같았다. 그는 그저 아플 뿐 죽어 가는 것이 아니며, 잠자코 치료를 잘 받으면 뭔가 아주 좋은 결과가 나오리라고 묵인하는 거짓말 말이다. 그는 무슨 짓을 하든 더 괴로운 고통과 죽음밖에 없으리라는 사실을 알았다. 그를 괴롭힌 것은 거짓이었다. 즉 모두가 그들 자신도 알고, 그도 아는 사실을 부인해 가며 오히려 그의 끔찍한 처지를 두고 거짓말을 하려 들 뿐 아니라, 그에게마저 거짓에 동참하도록 강요하고 있었다. 거짓, 그의 죽음을 코앞에 두고 일어나는 저 거짓, 저 무섭고 장엄한 죽음이라는 사건을 병문안과 커튼과 만찬의 철갑상어 수준으로 격하해 버리는 저 거짓이야말로…… 이반 일리치는 괴롭기 짝이 없었다. 그런데 묘한 노릇이었다. 저들이 그를 두고 저런 소리를 늘어놓으면 거짓말 좀 그만하라고, 내가 죽어 간다는 사실을 당신들도, 나도 알지 않느냐고, 그러니까 적어도 거짓말 좀 관두라고 외치기 일보 직전이었던 적이 한두 번이 아니었다. 그런데 정작 그렇게 호기를 부린 적은 없었다. 그가 보기에 자기를 둘러싼 모든 사람들은, 죽어 간다는 이 무섭고 끔찍한 사건을 어쩌다 일어난 불미스러운 일로, 일정 부분 점잖지 못한 일의 수준으로(마치 고약한 냄새를 풍기며 거실로 들어오는 사람을 대하듯) 격하하고 있었다. 그것이 바로 그가 한평생 모셔 온 '품위'라는 것이었다. 이반 일리치가 생각하기에 아무도 자신을 불쌍하게 여기지 않았는데, 어느 누구도 그의 처지를 이해하려 들지 않았기 때문이다. 오직 게라심만이 이런 처지를 이해하고 또 가엾이 여겼다. 그래서 이반 일리치는 오직 게라심과 있을 때만 유쾌했다. 게라심은 가끔 며칠 밤을 연달아 꼬박 새우며 그의 다리를 들어 주고 "걱정하지 마세요, 이반 일리치, 좀 있다 푹 자면 되거든요."라고 얘기해 주었다. 그럴 때면 참 좋았다. 돌연 그가 '반말'로 "아프지 않더라도 이 정도 못 해 줄까 봐서요?"라고 덧붙일 때마저 흐뭇했다. 게라심만이 거짓말을 하지 않았고, 모든 정황으로 보건대 분명히 그 하나만이 문제의 본질을 깨닫고 그 점을 숨길 필요가 없음을 알았으며, 그저 쇠잔해 가는 병약한 주인 나리를 불쌍히 여길 따름이었다. 심지어 한번은 이반 일리치가 이제 그만 가 보라고 하자, 곧장 이렇게 반문하기도 했다.

"우리는 모두 죽게 될 텐데요, 수고하지 않을 이유가 어디 있겠습니까?" 다름 아니라 그의 말에는 죽어 가는 사람을 위한 일이니 별로 수고롭거나 버겁지 않고, 또 자신이 이런 처지일 때 누군가가 같은 수고를 베풀어 주길 바란다는 뜻이 담겨 있었다.

이러한 거짓 말고도, 혹은 그 때문에 더더욱 이반 일리치를 괴롭힌 것은 아무도 그가 바라는 만큼 그를 불쌍히 여겨 주지 않는다는 사실이었다. 기나긴 고통을 맛본 뒤에 이반 일리치는 때때로 이렇게 고백하기가 창피스럽지만, 누구든 자기를 아픈 아이처럼 그저 불쌍히 여겨 주길 무엇보다 바랐다. 아이를 어루만지고 달래 주듯 상냥히 쓰다듬고 입을 맞추고 자신을 위해 울어 주길 바랐던 것이다. 그러나 이처럼 턱수염이 허옇게 센 고위 판사에게 아무도 그렇게 해 줄 수 없다는 사실쯤은 알았다. 그럼에도 어쨌든 그래 주길 바랐다. 그런데 게라심과 있으면 그 비슷한 뭔가를 느꼈고, 그와의 관계에서 위안을 얻었다. 엉엉 울고 싶고, 사람들이 자기를 위해 울어 주고 어루만져 주길 바랐던 이반 일리치는 법원 동료인 셰베크가 찾아오자 울음을 터뜨리고 다독임을 받기는커녕 곧장 진지하고 엄격하고 고뇌에 잠긴 듯한 표정을 지었다. 그렇게 관성에 따라 상소심 결의에 대한 견해를 밝히고, 그것을 집요하게 고수했다. 이 거짓, 주변 사람들과 자신의 거짓이야말로 이반 일리치의 마지막 나날을 독살하는 가장 무서운 독이었다.

8장

아침이었다. 단지 게라심이 떠나고, 하인 표트르가 들어와서 촛불을 끄고 커튼의 한쪽을 걷은 뒤 조용히 방 청소를 시작했기 때문에 아침이었다. 아침인지 저녁인지, 금요일인지, 일요일인지 아무 상관 없었다, 전부 그대로이니까. 단 한 순간도 잠잠해지지 않는 찌르는 듯 괴로운 통증 역시 그대로였다. 목숨이 속절없이 계속 떠나가고 있음에도 아직 완전히 떠나진 않았다는 의식조차 그대로였다. 끊임없이 엄습하는 예의 저 무섭고 증오스러운 죽음, 그것 하나만이 현실이고 다른 모든 것은 한결같이 거짓이었다. 이런 와중에 며칠인지, 몇 주인지, 몇 시인지 무슨 의미가 있겠는가?

"차를 내올까요?"

'이 녀석은 주인이란 아침마다 차를 마셔야 한다고 생각하는 모양이군.' 그는 이렇게 생각했지만 그저 답했다.

"아니."

"소파로 옮겨 드릴까요?"

'거실 청소에 방해가 된다는 말이로군, 내가 더럽고 지저분하니까.' 또 이렇게 생각했지만 그는 그저 말했다.

"아니, 그냥 둬."

하인은 연신 부산을 떨었다. 이반 일리치가 한 손을 내밀자 표트르가 기다렸다는 듯 다가왔다.

"뭐 분부하실 일이라도?"

"시계 좀."

표트르는 지척에 놓여 있던 시계를 집어서 건넸다.

"8시 30분이군. 저쪽은 아직 안 일어났나?"

"그럼요. 바실리 이바노비치(그의 아들이었다.)는 김나지움에 가셨지만, 프라스코비야 표도로브나는 나리가 찾으시면 깨워 달라고 하셨습니다. 그럴까요?"

"아니, 됐어." '차를 한번 마셔 볼까?' 하는 생각이 들었다. "그래, 차를…… 좀 가져다주게."

표트르가 방문으로 다가갔다. 이반 일리치는 혼자 남아 있기가 무서워졌다. '저 녀석을 무슨 수로 붙들어 둔담? 그래, 약.' "표트르, 약 좀 가져다주게." '아직은 약이 도움 될지도 모르니까.' 그는 숟가락을 들고 약을 따라 마셨다. '아니야, 도움은 무슨! 이게 다 헛소리에 기만일 뿐인걸.' 저 익숙한, 역겹고 가망 없는 맛을 느끼자마자 이렇게 단정했다. '아니, 더는 믿을 것도 없어. 그런데 통증, 이 빌어먹을 통증은 뭣 때문에 이러는지! 잠시라도 잠잠해지면 좋으련만.' 그는 신음하기 시작했다. 표트르가 돌아왔다. "아니, 가 봐. 차나 좀 가져다주게."

표트르가 방을 나갔다. 혼자 남은 이반 일리치는 참으로 끔찍한 통증보다 마음이 너무 괴로워서 신음을 토해 냈다. '이렇게 밤낮없이, 끊임없이 전부 똑같을 바에야 차라리 어서 빨리. 차라리 뭐? 죽음, 암흑 말이다. 아니, 안 된다. 어쨌든 이러는 게 죽음보다는 낫다!'

표트르가 쟁반에 찻잔을 얹어 들고 오자 이반 일리치는 그가 누구인지, 무얼 하러 왔는지 당최 이해가 안 돼서 오랫동안 멍하니 쳐다볼 뿐이었다. 이 시선에 표트르는 당황했다. 표트르가 당황하자 이반 일리치는 비로소 정신이 번쩍 들었다.

"그래." 그가 말했다. "차…… 좋아, 내려놓게. 그리고 세수를 하고 새 루바시카로 갈아입는 것만 좀 도와주게."

이반 일리치는 세수를 했다. 더러 쉬어 가면서 두 손과 얼굴을 씻고, 이를 닦고, 머리를 빗은 뒤 거울을 보았다. 무서워졌다. 창백한 이마에 머리카락이 납작하게 찰싹 달라붙은 모습이 유달리 무서웠다.

루바시카를 갈아입을 때 몸을 보면 더욱 무서워지라는 사실을 알았으므로 자기 모습을 보지 않았다. 어쨌든 모든 것이 끝났다. 그는 실내복을 입고 담요로 몸을 감싼 채 차를 마시려고 안락의자에 앉았다. 한순간 상쾌함을 느꼈지만 찻잔을 입에 대는 순간 또다시 예의 그 맛, 예의 그 통증이 일었다. 그는 억지로 차를 다 마시고 누워서 다리를 쭉 뻗었다. 그러고는 표트르를 그만 내보냈다.

똑같았다. 희망이 한 방울 반짝이는가 하면 절망의 바다가 휘몰아쳤다. 끊임없이 통증, 또 빌어먹을 통증이 밀려오고 마음은 계속, 계속 똑같이 괴로웠다. 혼자 있자니 무섭고 또 괴로워서 누구든 부르고 싶지만 정작 다른 사람이 곁에 있으면 더 나빠지리라는 사실을 미리부터 알았다. '다시 모르핀이라도 좀 맞으면 까무러칠 수 있을 텐데. 저기, 의사에게 뭘 좀 더 궁리해 보라고 해야겠어. 이렇게는 도저히 안 되겠어, 이렇게는.'

그렇게 한 시간, 두 시간이 흘러간다. 그때 현관에서 초인종 소리가 들려온다. 의사이리라. 정말 의사였다. 튼튼하고 기운차고 투실투실하고 명랑한 의사는 지금 뭔가를 보고 깜짝 놀랐다. 하지만 우리가 당장 모든 문제를 처리해 주리라는 표정을 짓는다. 여기서 이런 표정이 도움 되지 않음을 의사는 잘 알지만, 아침부터 연미복을 차려입고 방문하러 다니는 사람처럼 단번에 뒤집어쓴 그 표정을 영영 벗을 수 없다.

의사가 위로하듯 힘차게 양손을 싹싹 문지른다.

"춥군요. 추위가 장난 아닙니다. 몸부터 좀 녹여야겠는데."
오직 몸을 녹일 때까지 기다리기만 하면, 그래서 몸이 녹으면 모든 것을 낫게 해 주리라는 투였다.

"자, 좀 어떠십니까?"

이반 일리치는 의사가 "어떻게 지내십니까?"라고 말하고 싶어 함에도 그러면 안 된다는 느낌 탓에 "어떻게, 밤새 잘 지내셨습니까?"라고 얘기한다고 생각한다.

이반 일리치는 "아니, 이렇게 거짓말을 하는 게 전혀 부끄럽지도 않소?"라고 묻는 듯한 표정을 하고 의사를 쳐다본다. 그러나 의사는 그의 질문을 이해하려고 하지 않는다.

그러자 이반 일리치는 말한다.

"모든 것이 여전히 끔찍합니다. 통증이 가시질 않아요, 수그러들질 않는다고요. 뭐라도 좀!"

"예, 당신 같은 환자분들은 항상 그렇습니다. 자, 이제 몸을 다 녹였으니, 아주 꼼꼼하신 프라스코비야 표도로브나조차 제 체온을 두고 전혀 반박하지 못하시겠지요. 자, 어디 좀 봅시다." 그러고서 의사는 환자의 한 손을 쥔다.

이제 의사는 장난기를 싹 거둔 진지한 표정으로 환자를 살피고, 맥박과 체온을 재고, 여기저기 두드리고 또 들어 본다.

이반 일리치는 이 모든 것이 헛소리이자 공허한 기만임을 확실히, 틀림없이 알고 있다. 그러나 의사가 무릎을 꿇고 상체를 세운 채 내려다보며 몸을 쭉 펴, 위아래로 귀를 기울이고, 몹시 의미심장한 얼굴로 다양한 체조 동작을 펼쳐 보일 때면 깜박 넘어가고 만다. 변호사들이 연신 거짓말을 함을, 심지어 무엇을 위해 거짓말을 하는지 매우 잘 알면서도 그들의 연설에 깜박 넘어갔듯이 말이다.

의사가 소파에 무릎을 꿇고 상체를 세운 채 어딘가를 두드리고 있을 때 문가에서 프라스코비야 표도로브나의 비단 원피스가 사각거리는 소리와, 의사가 왔는데 왜 알리지 않느냐며 표트르를 나무라는 소리가 들렸다.

방으로 들어온 그녀는 남편에게 입을 맞추자마자 곧장 자기는 벌써 오래전에 일어나 있었지만 의사가 왔을 때 그저 어떤 착오가 있어서 미처 인사하러 오질 못했노라고 변명했다.

이반 일리치는 그녀의 온몸을 샅샅이 훑어보며 하얀 피부, 포동포동한 몸, 깨끗한 손과 목, 윤기 나는 머리카락, 생명으로 충만히 빛나는 눈을 책망한다. 영혼의 온 힘을 다해서 그녀를 증오한다. 아내가 건드리기만 해도 그녀에 대한 증오가 북받쳐서 괴롭기 짝이 없다.

그와 그의 병을 향한 그녀의 태도는 한결같다. 의사가 환자를 대하기 위해 이미 벗어던질 수 없는 태도를 연마해 두었듯, 그녀 역시 그러했다. 그가 뭔가 해야 할 일을 제대로 하지 않는다, 따라서 모두 그의 잘못이다, 그래도 그를 사랑하는 마음에서 이렇게 나무라는 것이다. 그녀는 남편에 대한 이런 태도를 결코 벗어던질 수 없었다.

"어찌나 말을 안 듣는지 몰라요! 약도 제시간에 먹는 법이 없고요. 무엇보다 분명히 해로울 텐데도 저렇게 다리를 위로 들고 누워 있어요."

그녀는 그가 게라심더러 다리를 들고 있게 한다고 고자질했다.

의사는 무시하듯 상냥한 미소를 지으며 "뭘 어쩌겠습니까, 이런 환자들은 가끔 그렇게 멍청한 짓을 생각해 내지만 그 정도는 봐줘야지요."라고 얘기하는 듯했다.

진찰을 마친 의사는 시계를 보았고, 프라스코비야 표도로브나는 이반 일리치에게 그가 원하든 말든 저명한 의사를 초빙했으니 지금 오리라고, 미하일 다닐로비치(원래 진료하던 의사의 이름이다.)와 협진해서 논의하리라고 선언했다.

"반대하지 말아요, 제발. 다 나 좋자고 하는 일이니까." 그녀가 이렇듯 비꼬는 투로 말한 까닭은, 이 모든 것이 당신을 위해 하는 일이니 그에겐 가타부타 선택할 권리마저 없음을 절감하게 하려는 것이었다. 그는 말없이 얼굴을 찌푸렸다. 자기를 둘러싼 이 거짓이 지나치게 얽히고설켜서 뭐가 뭔지 헤아리기조차 힘들었다.

사실 그녀가 그를 돌보며 한 모든 일들은 오직 그녀 자신을 위한 것이었으니, 지금 대놓고 이실직고하는 이유는 그가 그 말을 반대로 이해하지 않으면 안 될 만큼 그녀가 이토록 터무니없는 짓까지 벌이고 있다는 뜻이었다.

정말로 11시 30분에 저명한 의사가 왔다. 또다시 여기저기 들여다보더니 그의 면전에서, 또 다른 방에서 신장과 맹장에 관한 의미심장한 이야기를 늘어놓았고, 역시나 의미심장한 표정으로 질문과 대답이 오갔다. 결국 또다시 이미 그의 앞에 홀로 서 있는 삶과 죽음에 관한 실제적인 질문 대신에 신장과 맹장이 왜 제대로 기능하지 않는지에 대한 의혹이 제기되었고, 바야흐로 미하일 다닐로비치와 저명한 의사가 본격적으로 달려들어서 병을 고쳐 놓을 기세였다.

저명한 의사는 심각하지만 아예 가망이 없진 않다는 표정을 지으며 작별 인사를 했다. 이반 일리치가 공포와 희망에 젖은 눈으로 그를 올려다보며 완치될 가능성이 있느냐고 조심스럽게 질문하자 장담할 수 없지만 희망은 있노라고 대답했다. 이반 일리치가 저명한 의사를 배웅하며 비친 희망의 시선이 어찌나 처절한지, 왕진료를 지불하려고 서재를 나오던 프라스코비야 표도로브나는 그 모습을 보고 끝내 울음을 터뜨렸다.

의사가 북돋아 준 희망 덕분에 한결 유쾌해졌으나 그런 기분은 그리 오래가지 못했다. 또다시 한결같은 방, 그림, 커튼, 벽지, 약병, 변함없이 아프고 고통받는 몸. 이반 일리치는 끙끙 앓기 시작했다. 주사를 놓자 의식을 잃었다.

정신을 차렸을 무렵엔 벌써 날이 어둑어둑했다. 식사를 가져왔다. 그는 억지로 고깃국을 좀 먹었다. 그러자 다시금 똑같이 밤이 엄습했다.

식사 후 7시, 프라스코비야 표도로브나가 저녁 모임에 나가는 듯 차려입고 방으로 들어왔는데 풍만한 젖가슴을 받쳐 올리고 얼굴에는 분칠을 했다. 극장에 간다는 이야기는 아침에도 했더랬다. 사라 베르나르[18]가 방문 공연 중이었고, 그가 고집을 부려서 특별석을 예약해 둔 상태였다. 지금 그 사실을 잊고 있던 그는 그녀의 차림새에 모욕감을 느꼈다. 그 순간 자기가 나서서 아이들의 미학적 감각을 키우려면 극장의 특별석을 구해야 한다고 굳이 고집을 부렸던 일이 기억났으므로 얼른 모욕감을 감추었다.

방에 들어올 때 프라스코비야 표도로브나는 흡족하지만 어딘가 약간 미안한 듯한 표정이었다. 그녀는 잠깐 자리에 앉아서 좀 어떠냐고 물었다. 그가 훤히 아는 대로 더 알아보고 자시고 할 것도 없음을 알기에, 정말 궁금해서가 아니라 그냥

---

18) Sarah Bernhardt(1844~1923). 프랑스의 연극 배우로, 1870년대 유럽 무대에서 명성을 날렸다.

묻기 위해 묻고 있음을 눈치챘다. 그렇게 그녀는 자기한테 필요한 말만을 늘어놓았다. 솔직히 진짜 안 갔으면 했지만 특별석을 예약해 둔 데다, 엘렌과 딸과 페트리셰프(딸의 약혼자인 그 예심 판사 말이다.)가 간다는데 아이들만 보낼 수는 없지 않겠느냐고 했다. 자기로서는 차라리 당신과 함께 있는 것이 더 편하다고도 했다. 그러고는 자기가 없어도 의사의 처방만은 꼭 따라 주면 좋겠다고 얘기했다.

"그건 그렇고, 표도르 페트로비치(약혼자)도 들어오고 싶어해요. 괜찮죠? 리자도 그렇고."

"들어오라고 해."

젊은 몸이 한껏 드러나도록 차려입은 딸이 들어왔고, 그는 바로 그 육신 탓에 고통받고 있었다. 반면 그녀는 튼튼하고 건강하고 사랑에 빠졌음이 분명한 그 몸을 뽐내고 있었다. 자기 행복을 방해하는 질병과 고통과 죽음에 분노하면서 말이다.

함께 들어온 표도르 페트로비치는 연미복 차림에 머리 모양을 아 라 카풀처럼[19] 곱슬거리게 하고, 하얀 셔츠 깃으로 바싹 조인 긴 목엔 힘줄이 불거져 있었다. 또 널찍한 가슴팍 위로 하얀 와이셔츠를 입고, 튼튼한 허벅지를 통이 좁은 검은 바지로 감싼 채, 한 손에는 흰색 장갑을 끼고 다른 손에는 모자를 들고 있었다.

그의 뒤를 따라 눈에 뜨이지 않게, 새 교복을 입고 장갑을

---

19) à la Capoul. 프랑스의 유명한 오페라 가수 조제프 빅토르 카풀(Joseph Victor Capoul, 1839~1924)의 머리 모양을 말한다.

긴 김나지움 학생도 들어왔다. 그 불쌍한 것의 짙은 눈 그늘이 무엇을 의미하는지 이반 일리치는 알았다.

그는 항상 아들이 불쌍했다. 잔뜩 겁을 집어먹은 듯 애도를 표하는 그 시선이 무섭기도 했다. 이반 일리치는 게라심을 제외하면 바샤만이 자기를 이해하고 불쌍히 여긴다고 생각했다.

모두 자리에 앉았고, 또다시 좀 어떠냐고 물었다. 침묵이 찾아왔다. 리자는 어머니에게 오페라글라스에 관해 물었다. 어머니와 딸은 누가 그것을 어디에 감추었는지 말다툼을 벌였다. 볼썽사나운 꼴이었다.

표도르 페트로비치는 이반 일리치에게 사라 베르나르를 본적이 있는지, 어땠는지 물어보았다. 이반 일리치는 처음에 무엇을 물었는지 이해하지 못하다가 이윽고 대답했다.

"아니. 자네는 봤나?"

"예, 「아드리엔느 르쿠브뢰르」[20] 공연을 봤습니다."

프라스코비야 표도로브나는 그녀가 그 공연에서 유난히 더 예뻤노라고 말했다. 딸은 반박했다. 그녀가 얼마나 우아하고 실감 나게 연기하는지를 떠들어 대는, 항상 똑같은 그렇고 그런 대화가 시작되었다.

한창 대화를 나누다가 표도르 페트로비치는 이반 일리치를 쳐다보고서 입을 다물었다. 다른 사람들도 그를 보고는 입을 다물었다. 번득이는 눈으로 정면을 응시하는 이반 일리치

---

20) 「Adrienne Lecouvreur」. 프랑스 극작가이자 대본 작가 오귀스탱 외젠 스크리브(Augustin Eugène Scribe, 1791~1861)의 극본에 이탈리아 작곡가 프란체스코 칠레아(Francesco Cilea, 1866~1950)가 곡을 붙인 4막 오페라이다.

는 그들에게 성질이 났음이 분명했다. 이 상황을 수습해야 했지만 도무지 수습할 수 없었다. 어떻게든 이 침묵을 깨야 했지만, 아무도 감히 결단을 내리지 못했다. 이 점잖은 거짓이 어쩌다 갑자기 허물어질까 봐, 실상이 만천하에 드러날까 봐 모두 무서워했다. 리자가 제일 먼저 결단을 내렸다. 마침내 침묵을 깬 것이다. 그녀는 모두가 겪고 있는 감정을 숨기려 했지만 그만 무심코 지껄여 버렸다.

"그나저나 갈 거면 지금 일어나야 해요." 그녀는 아버지가 선물해 준 시계를 들여다보며 말했고, 청년과 자기만이 아는 뭔가 의미심장한 미소를 슬며시 주고받은 뒤 원피스를 사각거리며 자리에서 일어섰다.

모두 일어나서 작별 인사를 하고는 떠났다.

그들이 나가자 이반 일리치는 한층 가뿐한 느낌이었다. 거짓은 그들과 함께 떠났기에 더는 없었지만 통증만은 남았다. 한결같은 통증, 한결같은 공포가 딱히 더 괴로울 것도, 굳이 더 가뿐할 것도 없었다. 점점 더 나빠질 뿐이었다.

다시 일 분, 또 일 분이, 한 시간, 또 한 시간이 지나가고 계속 똑같고 여전히 끝나지 않았다. 제일 두려운 것은 피할 수 없는 종말이었다.

"그래, 게라심을 보내게." 그는 표트르의 질문에 대답했다.

9장

아내는 밤늦게 돌아왔다. 까치발로 조심조심 들어왔지만 기척이 들렸다. 그는 눈을 떴다가 서둘러 다시 감았다. 그녀는 게라심을 내보내고 직접 곁을 지키려 했다.

"됐어. 가 봐."

"많이 아파요?"

"그대로지 뭐."

"아편이라도 먹어요."

그녀 말대로 그는 아편을 좀 먹었다. 그녀는 나갔다.

새벽 3시 무렵까지 그는 고통스럽고 혼미한 상태였다. 누군가가 그를 비좁고 깊고 검은 자루 속에 아프도록 처박은 채 자꾸 더 안으로 쑤셔 넣지만 도무지 들어가지 않는 듯한 느낌이었다. 참으로 끔찍한 일이 그에게 고통스레 벌어지고 있었다. 그는 무섭기도 하고, 아예 그리로 나뒹굴고 싶기도 하고 싸우기도 하고 그냥 몸을 내맡기기도 했다. 그러다 갑자기 툭 끊기듯 쓰러지는 바람에 정신이 들었다. 게라심은 여전히 침대 발치에 앉아서 평온하고, 참을성 있게 졸고 있었다. 그런 그의 어깨 위에 긴 양말을 신은 앙상한 두 다리를 올려놓고 누워 있는 것이다. 갓을 씌운 촛불도, 끊이지 않는 통증도 여전히 그대로다.

"그만 가 보게, 게라심." 그가 속삭였다.

"괜찮아요, 좀 더 있을게요."

"아니, 그만 가 봐."

다리를 내려놓은 뒤 팔을 베고 옆으로 눕는데, 그는 자신이 가여웠다. 그는 게라심이 옆방으로 갈 때까지 기다렸다가 더 이상 자제하지 않아도 되는 순간에 아이처럼 울음을 터뜨렸다. 그는 의지할 데 없는 처지와 끔찍한 고독과, 사람들과 하느님의 잔혹함과, 하느님의 부재에 목 놓아 울었다.

'대체 왜 이 모든 일을 하셨습니까? 대체 왜 저를 이 지경까지 끌고 오셨습니까? 무엇을 위해, 무엇을 위해 저를 이토록 끔찍이도 괴롭히는 겁니까?'

그는 대답을 기다리지 않았고, 대답이 없음에, 아니 대답이 있을 수 없음에 눈물을 흘렸다. 다시 통증이 일었지만 꿈쩍하지도, 누구를 부르지도 않았다. "자, 올 테면 또 와 봐! 하지만 무엇을 위해서? 내가 무슨 짓을 했다고, 무엇을 위해서?"라고 혼잣말을 할 뿐이었다.

이윽고 감정이 가라앉은 그는 울음을 그치고 숨도 죽인 채

정신을 집중했다. 음성으로 내뱉는 말소리가 아니라 영혼의
목소리에, 머릿속에서 들끓는 생각의 흐름에 귀를 기울이는
듯 말이다.

"너에게 무엇이 필요한가?" 그가 들은 최초의 분명하고도
강력한 계시는 이렇게 표현되었다. "무엇이 필요한가? 대체 무
엇이 필요한 것인가?" 그는 자신에게 되뇌었다. "무엇이냐고?
고통받지 않는 것? 사는 것?" 그가 대답했다.

워낙에 정신을 집중했기 때문에 또다시 찾아온 통증조차
그의 주의를 흩트리지 못했다.

"사는 것? 어떻게 사는 것 말이지?" 영혼의 목소리가 물었다.

"그야 예전처럼 잘, 유쾌하게 사는 것 말이다."

"예전에는 어떻게 살았던가, 잘, 유쾌하게?" 목소리가 물었
다. 그는 유쾌한 인생의 최고의 순간들을 머릿속에서 꼽아 보
았다. 그런데 기함할 노릇이었다. 유쾌한 인생의 모든 최고의
순간들을 이제 와서 돌아보니 전혀 다르게 여겨졌다. 어린 시
절의 첫 추억들을 제외하면 모든 것이 그랬다. 저 어린 시절에
는 다시 그때로 되돌아가더라도 정말로 기꺼이 더불어 살 수
있을 만한, 뭔가 유쾌한 것이 있었다. 하지만 그때의 유쾌한 것
을 누리던 사람은 이미 없었다. 그것은 어떤 다른 사람에 관
한 추억 같았다.

지금의 그, 즉 오늘날의 이반 일리치를 만들어 준 것들이
떠오르자마자 당시에 기쁨으로 여겨지던 모든 것이 이젠 그의
눈앞에서 싹 녹아 버리며 뭔가 하찮은 것으로 바뀌었다. 심지
어 역겨운 것으로 바뀌는 경우도 잦았다.

어린 시절에서 멀어질수록, 그리하여 현재에 가까워질수록 그 기쁨들은 더 하찮고 의심적게 변했다. 법률 학교 시절부터 그랬다. 그래도 그 시절에는 뭔가 진정으로 좋은 것이 있었다. 그때는 즐거움이 있었고, 우정이 있었고, 희망이 있었다. 단지 고학년만 되어도 좋은 순간은 이미 줄어들었다. 그다음 도지사 밑에서 처음 근무하던 시절에 다다르자 다시 좋은 순간들이 생겨났다. 한 여자를 향한 사랑의 추억이었다. 그러고는 모든 것이 뒤죽박죽 섞이더니 좋은 것은 훨씬 줄었다. 세월이 가면 갈수록 좋은 것은 계속 더 줄어들었다.

결혼이란…… 그토록 무심코 한 결혼은 환멸과 아내의 입 냄새, 관능과 가식뿐이었다! 저 죽음 같은 업무와 돈 걱정, 그렇게 일 년, 이 년, 또 십 년, 이십 년, 모든 것이 한결같다. 세월이 흐를수록 더 죽음 같다. 산을 오른다고 상상하지만 사실은 꾸준히 산 아래로 내려가고 있었다. 그랬다. 사회 통념으로 보기에 산을 오르고 있었지만 정확히 그만큼 삶은 내 밑으로 떠내려가고 있었던 것이다……. 자, 준비 끝, 죽어라!

그래서 이건 무엇인가? 대체 왜? 있을 수 없는 일이다. 삶이 이토록 터무니없고 역겨울 수 있을까? 정확히 그토록 역겹고 터무니없다면 대체 왜 죽어야 하며, 또 왜 죽어 가면서 고통받아야 하는가? 이건 뭔가 잘못되었다.

'혹시 내가 잘못 살아온 건 아닐까?' 갑자기 머릿속에 이런 생각이 떠올랐다. '하지만 나는 모든 것을 제대로 했는데 뭐가 어떻게 잘못되었단 말인가?' 그는 스스로에게 이렇게 말했고, 그 즉시 생사의 수수께끼를 송두리째 풀어 줄 유일한 해결책이란 뭔가 완전히 불가능한 것인 양 치부하며 떨쳐 냈다.

'지금 너는 대체 무엇을 원하는가? 사는 것? 어떻게 사는 것? 법정에서 집행관이 "재판을 시작하겠습니다!"라고 선언할 때처럼 그렇게 사는 것? 재판을 시작, 시작하겠습니다.' 그는 자신에게 이렇게 되풀이했다. '그렇다, 이건 재판이다! 그렇지만 나는 죄가 없다!' 그는 악에 받쳐 스스로에게 고함을 쳤다. '그런데 무엇 때문에?' 울음을 멈추고 벽 쪽으로 얼굴을 돌린 채 계속 한 가지만을 생각했다. 대체 왜, 무엇 때문에 이 모든 공포를?

그러나 아무리 생각해도 답을 찾을 수 없었다. 이따금 모두 자기가 잘못 살아서 일어난 일이라는 생각이 들 때마다, 당장 자기 삶은 모두 옳았노라고 회상하며 그는 이 이상한 생각을 떨쳐 버렸다.

10장

두 주가 더 지났다. 이반 일리치는 더 이상 소파에서 일어나려 하지 않았다. 침대가 싫어서 소파에 누워 있었다. 거의 항상 벽 쪽으로 돌아누운 채 홀로 예의 그 해결되지 않는 고통에 시달렸고, 또 홀로 예의 그 해결되지 않는 생각에 골몰했다. 이게 뭔가? 정말로 죽음이라는 말인가? 그러자 내면의 목소리가 대답했다. 그렇다, 정말이다. 이런 고통은 대체 왜? 그러자 또 목소리가 대답했다. 그냥 그런 거다, 아무 이유 없이. 그 밖에는 더 이상 아무것도 없었다.

병이 시작되어 이반 일리치가 처음 의사를 찾아간 그때부터 그의 삶은 서로 자리를 바꾸는 상반된 두 마음으로 나뉘었다. 어떨 때는 이해할 수 없는 끔찍한 죽음을 기다리며 절망에 빠졌고, 또 어떨 때는 자기 몸의 활동을 정성껏 관찰하며 희망을 품었다. 그리고 어떨 때는 눈앞에 잠간 제 임무를 게을리하는 신장이나 맹장만이 있었고, 또 어떨 때는 해방될 수 없는, 이해할 수 없는 끔찍한 죽음만이 있었다.

병이 처음 시작되었을 때는 이 두 마음이 서로 교대하곤 했다. 하지만 병이 진척될수록 신장은 더욱 의아스럽고 환상적인 뭔가가 되었고, 죽음이 임박했다는 의식은 더욱 현실적으로 바뀌었다.

석 달 전 자기 모습이 어떠했고 지금은 어떤지를, 자신이 얼마나 꾸준히 산 밑으로 내려왔는지를 떠올리면 곧 온갖 희망의 가능성은 무너져 버렸다.

최근 들어 소파 등받이에 얼굴을 파묻고 누워 지내며 이반 일리치는 고독을 절감했다. 그것은 사람이 우글대는 도시와 무수한 지인과 가족 한가운데서 절감하는 고독이었고, 바다 밑바닥이든 땅속이든 그 어디에서도 찾을 수 없는 가장 완전한 고독이었다. 그런 고독으로 점철된 하루하루를 그는 오직 지난날을 상상하며 살아갔다. 지난날의 풍경들이 하나둘 그의 앞에 그려졌다. 늘 시간상 가장 가까운 때로부터 가장 먼 유년 시절로 수렴하다가 거기서 멎었다. 얼마 전 식탁에 오른 삶은 자두를 떠올리면 이반 일리치는 유년 시절의 설익고 쭈글쭈글한 프랑스 자두가, 그 독특한 맛과 씨 근처까지 다 먹었을 때 입속에 흥건히 고이던 침이 떠올랐다. 그 맛과 더불어 유모, 형, 장난감 등 그 시절의 추억이 줄줄이 되살아났다. '이런 건 안 되겠어…… 마음이 너무 아프다.' 이반 일리치는 자신에게 이렇게 말한 뒤, 다시 현재로 옮겨 왔다. 소파 등받이의 단추, 주름 잡힌 염소 가죽. '염소 가죽은 비싸기만 하고 약하지. 그것 때문에 다투기도 했어. 또 다른 염소 가죽과 또 다른 다툼도 있었는데, 우리가 아버지의 서류 가방을 찢어서 벌을 받았지. 하지만 엄마는 고기만두를 가져다주셨어.' 다시 유년 시절에 이르자 이반 일리치는 또다시 마음이 아파서 그것을 떨쳐 내고 다른 생각을 하려고 애썼다.

그러자마자 다시 이런 기억과 나란히 그의 마음속에서는 병이 진행되고 악화한 일에 대한 또 다른 기억이 되살아났다. 더 옛날에 이를수록 삶은 더 풍부해졌다. 삶에서 좋은 것도 더 많고, 삶 자체도 더 풍요로웠다. 이쪽과 저쪽이 함께 뒤섞였다. '고통이 점점 더 심해지듯 삶도 점점 더 나빠졌군.' 그는 생각했다. 저기 뒤쪽, 삶의 시작 부분에 밝은 점이 하나 있었는데 살아가면서 점점 더 새카매지고 어두워지는 속도 역시 점점 더 빨라졌다. '죽음에 가까워질수록 속도는 반비례로 빨라지는군.' 이반 일리치는 생각했다. 그러자 가속도가 붙은 채 아래로 굴러떨어지는 돌덩어리가 그의 영혼에 쿡 처박혔다. 삶도, 커져만 가는 일련의 고통도 점점 더 빨리 끝으로, 가장 무서운 고통으로 치닫고 있다. '그렇게 치닫는다…….' 흠칫 놀란 그는 몸부림치며 저항하려 했다. 하지만 이미 저항할 수 없음을 알았기에 바라보기조차 지쳤지만, 그럼에도 눈앞에 있으니 보지 않을 수 없는 소파 등받이를 쳐다보며 기다렸다. 이 무서운 전락을, 일격과 와해를 기다렸다. '저항할 수 없다.' 그가 자신에게 말했다. '단지 대체 왜 이런지 이해할 수만 있다면. 그런데 그것마저 불가능하다. 만약 내가 잘못 살았다면 그나마 설명이 될 법하다. 하지만 그건 벌써 용납할 수 없는 일이다.' 자기 삶이 얼마나 정당하고 올바르고 점잖았는지를 회상하면서 스스로에게 말했다. '그건 용납할 수 없지.' 이렇게 말하면서 그는 입술을 씰룩거렸다. 아마 누가 보았다면 그가 정말로 미소 짓는 줄 알았으리라. '설명이 되지 않는군! 고통, 죽음…… 대체 왜?'

11장

그렇게 두 주가 흘러갔다. 이 두 주 동안 이반 일리치와 아내가 바라던 일이 실현되었다. 페트리셰프가 정식으로 청혼한 것이다. 저녁에 벌어진 일이었다. 다음 날 프라스코비야 표도로브나는 표도르 페트로비치의 청혼을 어떻게 알릴지 고민하면서 남편의 방으로 들어갔다. 그런데 바로 전날 밤, 이반 일리치에게는 나쁜 쪽으로 새로운 변화가 일어났다. 프라스코비야 표도로브나가 들어가서 보니, 그는 여전히 소파에 누워 있었지만 자세가 달랐다. 천장을 응시하며 똑바로 누운 채 신음하고 있었다.

그녀는 약 이야기를 꺼냈다. 그는 그녀에게로 시선을 옮겼다. 그녀는 하던 이야기를 마저 끝내지 못했다. 자기를 쏘아보는 시선에 너무나 큰 증오가 담겨 있었기 때문이다.

"제발 좀 편히 죽게 내버려 둬." 그가 말했다.

그녀가 나가려고 할 때 딸이 들어오더니 안부를 물으려고 그에게 다가갔다. 그는 아내를 노려보던 시선으로 똑같이 딸을 쳐다보았고, 좀 어떠시냐는 질문에 조만간 그들 모두를 해방해 주리라고 건조하게 말했다. 두 여자는 입을 다물고 좀 앉아 있다가 방을 나갔다.

"대체 우리가 뭘 잘못했어요?" 리자가 어머니에게 말했다. "꼭 우리가 저렇게 병들게 한 것처럼 구시잖아요! 아빠가 불쌍하지만 대체 왜 우리를 이렇게 괴롭히시는 거예요?"

늘 방문하던 시간에 의사가 도착했다. 이반 일리치는 그에게서 증오에 찬 시선을 떼지 않은 채 "예, 아니오."라고 짧게 대답하다가 마침내 말했다.

"아무 도움도 주실 수 없다는 걸 아시잖습니까, 그냥 내버려 두시죠."

"고통은 완화해 드릴 수 있습니다." 의사가 말했다.

"그것도 못 하시잖습니까. 그냥 내버려 두세요."

거실로 나간 의사는 프라스코비야 표도로브나에게 환자의 상태가 몹시 나쁘다고, 필시 끔찍할 고통을 완화해 줄 유일한 수단은 아편뿐이라고 알렸다.

육체적 고통이 끔찍하리라는 의사의 경고는 사실이었다. 하지만 육체적 고통보다 더 끔찍한 것은 정신적 고통이었고, 이것이야말로 그의 주된 고통이었다.

그의 정신적 고통은 전날 밤 광대뼈가 툭 불거지고 선량하게 생긴 게라심의 졸음에 겨운 얼굴을 쳐다보던 중 머릿속에 갑자기 떠오른 생각, 즉 정말로 나의 의식적 삶이, 삶 전체가 '그게 아닌 것'은 아닐까 하는 생각에서 비롯했다.

자기가 삶을 잘못 살아왔다는, 예전에는 불가능하다고 여겼던 그런 가정이 사실일 수도 있겠다는 생각이 들었다. 그의 머릿속에는 가장 높은 사람들이 좋다고 여기는 것에 맞서 투쟁하려는 충동, 그가 당장 떨쳐 내려 했던 아득한 저 충동이야말로 진짜고 나머지는 모두 잘못된 것일 수도 있겠다는 생각이 떠올랐다. 직장도, 삶의 방식도, 가족도, 사교계와 직장의 이해관계도, 이 모든 것이 잘못되었을 수 있었다. 그는 자기 앞에서 이 모든 것을 변호하려고 애썼다. 그러다 돌연 스스로 변호하는 데에 참으로 무력감을 느꼈다. 그러자 변호할 것이라곤 아무것도 없었다.

'정말 그렇다면.' 하고 그는 자신에게 말했다. '그러니까 내가 나에게 주어진 모든 것을 망쳤다는 의식을 지닌 채 삶을 떠난다면, 그걸 바로잡을 수조차 없다면 그때는 뭐지?' 그는 똑바로 드러누워서 자기 인생을 통째로, 완전히 새로이 되짚어 보았다. 아침에 하인을, 그다음에 아내를, 그다음에 딸을, 그다음에 의사를 보았을 때 그들의 행동 하나하나, 그들의 말한 마디 한 마디가 지난밤 그의 앞에 펼쳐졌던 끔찍한 진실을 확증해 주었다. 그들에게서 그는 자신을, 그의 삶을 지탱해 온 모든 것을 보았고, 이 모든 것이 잘못되었음을, 또 이 모든 것이 삶과 죽음을 뒤덮은 끔찍하고 거대한 기만임을 또렷이 깨달았다. 이런 의식이 육체적 고통을 열 배로 배가했다. 그는 끙끙 앓고 몸부림치고 옷을 쥐어뜯었다. 그 의식이 숨통을 조이고 짓누르는 것만 같았다. 그 때문에 모두를 증오했다.

다량의 아편이 주어지자 그는 인사불성이 되었다. 하지만 식사 시간이면 또다시 같은 일이 반복되었다. 그는 모두를 내쫓고 이리저리 몸부림쳤다.

아내가 그에게 다가와서 말했다.

"장, 여보, 나를 위해서(나를 위해서라고?) 좀 해 줘요. 그런다고 해로울 것도 없잖아요. 종종 도움이 되기도 하고요. 뭐어때서 그래요. 아무것도 아닌걸요. 건강한 사람들도 이따금……."

그는 눈을 크게 떴다.

"뭐라고? 성찬을 받으라고? 대체 왜? 그럴 필요 없어! 하긴……."

그녀는 울었다.

"그렇게 할 거죠, 여보? 우리 신부님을 부를게요, 정말 좋은 분이거든요."

"멋지군, 아주 좋아." 그가 말했다.

사제가 와서 고해 성사를 들어 주자 그는 마음이 한결 누그러졌다. 의혹이, 그리하여 고통이 완화되고 있음을 느꼈고, 희망의 순간을 맞이했다. 다시 맹장을, 그 치료 가능성을 떠올린 것이다. 그는 눈에 눈물을 글썽이며 성찬을 받았다.

성찬식을 마치고 자리에 눕자 잠시 홀가분해졌고, 다시 삶에 대한 희망이 나타났다. 의사에게 권유받은 수술을 생각하기 시작했다. '살고 싶다, 살고 싶다.' 그는 자신에게 말했다. 아내가 축하하러 왔다. 그녀는 일상적인 말을 하더니 덧붙였다.

"거봐요, 좀 더 좋아졌죠?"

그는 그녀를 보지도 않은 채 그렇다고 말했다.

그녀의 옷차림, 몸매, 표정, 목소리 등 모든 것이 그에게 말해 주는 것은 단 하나였다. '그게 아니야. 너의 삶을 지탱해 온, 지금도 지탱해 주는 모든 것은 거짓이다. 그 기만이 너에게서 삶과 죽음을 숨기고 있다.' 이런 생각을 하자마자 증오가, 증오와 더불어 육체적 고통이, 그 고통과 더불어 불가피한 파멸이 임박했다는 의식이 고개를 쳐들었다. 새로운 뭔가가 생겨나더니 몸을 비틀고 마구 총질을 하고 숨통을 틀어막았다.

"그렇다."라고 말하는 그의 얼굴은 끔찍했다. 그녀의 얼굴을 똑바로 쳐다보며 "그렇다."라고 말한 뒤, 그는 다 죽어 가는 상태에 어울리지 않을 만큼 격하게 몸을 돌리며 고함을 질렀다.

"다들 나가, 나가라고, 날 내버려 둬!"

12장

그 순간부터 시작된 비명은 사흘간 멈추지 않았고, 그 소리가 어쩌나 끔찍하던지 문 두 개를 지난 곳에서 들어도 소름이 끼칠 정도였다. 그는 아내에게 대답한 그 순간에 자신이 파멸했고 더는 돌이킬 수 없음을, 끝이, 완전한 끝이 찾아왔음을 깨달았지만 의혹만은 여전히 해결하지 못한 채 그대로 남아 있었다.

"어! 어어! 어!" 그는 다양한 어조로 비명을 질렀다. "싫어!" 하고 비명을 질렀지만 문자 '어' 소리만이 계속 이어졌다.[21]

그 사흘 내내 그에게는 시간이라는 것이 없었다. 그동안 보이지도 극복할 수도 없는 힘이 그를 예의 그 검은 자루에 마

---

21) 원문은 ne khachu인데, 그중 끝 글자 'u' 소리만이 이어진다는 뜻이다.

구 쑤셔 넣었고 그는 몸부림칠 뿐이었다. 형리의 손아귀에 잡힌 사형수처럼 자신이 구원될 수 없음을 알면서도 발버둥질을 해 댔다. 매 순간 투쟁하려고 아무리 안간힘을 써도 소름 끼치는 그곳에 점점 더 가까이 다가서고 있음을 느꼈다. 이 검은 구멍 속으로 빨려 들어가는 것이 괴로운 일임을, 더군다나 그 스스로 뚫고 들어갈 수 없기 때문에 더 괴로운 일임을 깨달았다. 그렇게 그 구멍으로 들어가는 데 방해가 되는 것은 바로 자기 삶이 훌륭했다는 의식이었다. 자기 삶에 대한 이러한 정당화가 그를 옭아맨 채, 앞으로 나아가도록 놓아주기는커녕 더욱 괴롭히기만 했다.

갑자기 어떤 힘이 그의 가슴팍과 옆구리를 툭 밀치더니 더 거세게 숨통을 틀어막았고, 그는 구멍 속으로 나뒹굴었다. 그곳, 구멍의 끝에서 뭔가가 반짝였다. 기차를 타고 앞으로 나아간다고 생각하지만 실은 뒤로 가고 있음을, 돌연 진짜 방향을 깨닫게 될 때 일어날 법한 일이 일어났다.

"그렇다, 전부 그게 아니었다." 그는 자신에게 말했다. "하지만 이건 아무것도 아니다. 여전히 '그것'을 할 수 있다, 그럴 수 있다. '그것'은 대체 무엇인가?" 이렇게 자문한 다음 그는 갑자기 잠잠해졌다.

사흘째 되는 날의 끝, 그가 죽기 한 시간 전에 일어난 일이었다. 그때 김나지움에 다니는 아들이 살며시 아버지 방에 들어와서 침대로 다가왔다. 죽어 가는 자는 계속 절망적인 비명을 지르며 두 손을 내저었다. 그의 손이 아들의 머리 위로 떨어졌다. 아들은 그 손을 잡아 입술에 가져다 대고 울음을 터뜨렸다.

그 순간 이반 일리치는 구멍 속을 나뒹굴며 빛을 보았고, 자기 인생이 제대로 되지는 않았지만 아직 바로잡을 수 있음을 깨달았다. 그는 '그것'이 대체 뭐냐고 자문한 뒤 귀를 기울이며 잠잠해졌다. 그때 누가 손에 입을 맞추고 있음을 느꼈다. 눈을 뜨고서 아들을 쳐다보았다. 아들이 가엾었다. 아내가 그의 곁으로 다가왔다. 그는 그녀를 쳐다보았다. 그녀는 입을 벌리고 코허리와 뺨을 적시는 눈물을 닦지 않은 채 절망적인 표정으로 그를 바라보았다. 그녀가 가엾었다.

'그렇다, 나는 그들을 괴롭히고 있다.' 그는 생각했다. '내가 죽으면 저들은 괴로워하겠지만 그래도 한결 좋아지리라.' 그는 이 말을 전하고 싶었으나 내뱉을 힘이 없었다. '하긴 굳이 뭐 하러 말해, 행동으로 보이면 되지.'라고 생각했다. 그는 아내에게 눈짓으로 아들을 가리키며 말했다.

"데려가…… 불쌍해…… 당신도 그렇고……." 그는 "용서해 줘."라고 말하고 싶었지만 "보내 줘."라고[22] 얘기했고, 그 말을 바로잡을 기력조차 없어서 한 손을 내저었다. 하지만 알아들을 사람은 다 알아들었으리라는 것을 그는 알았다.

그러자 그를 괴롭히며 밖으로 나오지 못하던 모든 것이 일순간 양쪽, 열 갈래 방향, 사방팔방에서 터져 나왔고 돌연 모조리 선명해졌다. 그들이 불쌍하다, 그들을 아프지 않게 해야 한다. 그들을 구원하고, 자신도 이 고통으로부터 구원받아야

---

22) '용서해 줘', '보내 줘'의 원어는 각각 prosti, propusti로 발음이 비슷하다.

한다. '얼마나 좋은가, 얼마나 단순한가.' 그는 생각했다. '그럼 통증은?' 그가 자문했다. '그것은 어디로 갔지? 자, 통증은 어디 있느냐?'

그가 귀를 기울였다.

'그렇다, 바로 여기 있군. 그럼 통증은 내버려 두라지.'

'그럼 죽음은? 그것은 어디 있는가?'

그는 예전의 습관대로 죽음의 공포를 찾아보았지만 발견하지 못했다. 그것은 어디에 있는가? 죽음이 없기 때문에 어떠한 공포도 없었다.

죽음 대신 빛이 있었다.

"바로 이것이다!" 갑자기 그가 큰 소리로 말했다. "이렇게 기쁠 수가!"

그에게는 이 모든 것이 찰나의 일이었고, 그 순간의 의미는 이제 변하지 않았다. 그러나 지켜보는 사람들에게 그가 겪은 단말마의 고통은 두 시간이나 더 이어졌다. 그의 가슴팍에서 뭔가가 부글거렸다. 녹초가 된 몸이 부르르 떨렸다. 그다음에는 부글거리는 소리도, 숨을 헐떡이는 소리도 점점 희박해졌다.

"끝났습니다!" 누군가가 그를 내려다보며 말했다.

이 말을 들은 그는 마음속으로 되풀이했다. '끝난 건 죽음이야.' 그는 자신에게 말했다. '그것은 더 이상 없다.'

그는 크게 숨을 들이마시다가 한중간에 그대로 멈추더니 몸을 쭉 뻗은 채 죽었다.

질병 서사의 위엄

1 백작 톨스토이와 작가 톨스토이[1]

레프 니콜라예비치 톨스토이(1828~1910)의 이름 앞에는 항상 '러시아의 대문호'라는 수식어가 붙는다. 그러나 사실 그는 작가이기에 앞서 부유한 지주이자 유서 깊은 귀족 가문의 후예였다. 비록 어려서 부모를 잃긴 했으나 고향인 툴라의 야스나야 폴랴나 영지, 지방 도시와 대도시(모스크바와 페테르부르크)를 아우르는 성장 환경은 풍요로운 편이었다. 성년에 이른 톨스토이의 정체성을 생애 주기에 따라 ① 청년기의 귀족 장교, ② 중장년기의 지주 귀족이자 가장, ③ 노년기의 사상가이자 구도자 등 세 단계로 나누어 살펴보고자 한다.

---

1) 작가 소개는 김연경의 『19세기 러시아문학 산책』(민음사, 2020), 139~142쪽의 내용을 보충, 편집했다.

우선 1851년, 군인(무관) 톨스토이는 맏형 니콜라이가 있던 캅카스로 가서 사병으로 복무하다가 다음 해 진급 시험을 거쳐 4급 포병 하사관으로 임관한다. 그때 발표한 등단작 「유년 시절」은 이후에 쓸 「소년 시절」(1854), 「청년 시절」(1857)과 함께 '자전 3부작'이라 불린다. 1853년 크림 전쟁이 발발했을 때는 체첸 토벌 작업에 참여한 것으로 알려져 있다. 1854년 세바스토폴 전투 참전 경험을 바탕으로 연작 소설 '세바스토폴 이야기'를 쓴다. 소설 자체로도 완성도가 높지만 『전쟁과 평화』(1869)의 '전쟁' 습작으로 볼 수도 있겠다. 대체로 이 무렵의 톨스토이는 공명심에 불타는 안드레이 볼콘스키 공작을 많이 닮았다. 아우스터리츠 전투에서 기적적으로 생환한 그는 1812년 보로디노 전투에서 큰 부상을 입고 모스크바를 떠나는 피난길에 과거의 약혼녀(나타샤 로스토바)와 여동생(마리야 볼콘스카야)이 지켜보는 가운데 임종을 맞는다. 톨스토이의 나폴레옹 드림의 반영이기도 한바, 젊은 날의 환멸적 낭만주의는 죽어 없어짐이 마땅하다. 조국 전쟁 이후 찾아온 '평화', 즉 건강한 사실주의의 주역이 되는 것은 니콜라이 로스토프 백작, 피에르 베주호프 백작이다. 두 인물은 각자의 방식으로 나폴레옹 전쟁과 그 신화를 이겨 낸 다음 사랑하는 여성(각각 마리야, 나타샤)과 안정된 가정을 꾸린다. 안드레이가 청년 톨스토이의 반영이라면 니콜라이, 피에르는 각각 중장년, 노년 톨스토이의 반영인 셈이다. 구체적인 양상은 다음과 같다.

1856년 퇴역하고 귀국, 귀향한 톨스토이는 전형적인 젊은 지주 귀족의 삶을 산다. 영지를 경영하고 농노 아이들을 위한 학교 설립, 교육 잡지 간행 등 농촌 계몽 운동에도 관심을 기울인다. 말년에 쓴 미발표 소설(「악마」)에 묘사된 대로 농부(農婦) 아크시냐와 사귄 것도 이 무렵이다. 그와 동시에 오랜 노총각 생활을 청산하기 위해 열심히 신붓감을 모색한다. 마침내 1862년 34세의 톨스토이는 의사 베르스의 둘째 딸 소피야 안드레예브나(18세)와 결혼함으로써 오랜 염원을 실현한다. 신혼부부는 많은 갈등을 겪었으나 대체로 평온한 삶을 살았다. 그들이 낳은 아이는 총 열세 명이었던 것으로 알려져 있다. 마지막 아이가 태어난 것은 부부간의 불화가 극에 달했을 때다. 과연 톨스토이의 인생과 문학에서 결혼과 가정과 성(性)이 중요한 화두가 될 수밖에 없었으리라 짐작되는 대목이다. 한편 소피야는 '잡계급'의 딸로 태어나 '백작 부인'으로 죽었으니 대단한 신분 상승을 이룬 셈이다. 그보다 중요한 것은 톨스토이의 이름과 더불어 불멸한 것인지도 모르겠다. 세간에 '악처'로 (잘못) 알려진 그녀는 거의 오십 년 동안 온갖 불미스러운 가정사에도 불구하고 백작 집안의 큰 살림을 지휘하고 아이들 양육을 도맡은 야무진 안주인이었을뿐더러 한 작가의 작품 활동을 지원하고 관리한 훌륭한 매니저이기도 했다. 그녀가 남긴 묵직한 분량의 일기(『일기』, 1862~1910)는 대가의 아내로만 남기에는 아까웠던 재능을 방증해 준다.

지주 귀족 톨스토이는 중장년을 넘어서면서 그동안의 계몽 사상가와 사회 사업가의 면모에서 한 발짝 더 나아가 종교 구도자의 모습을 띤다. 애초 그의 전공이었던 동양어(아랍어와 튀르키예어)에 덧붙여 히브리어까지 배워 구약 성서를 읽고 복음서를 공부한다. 종교적 에세이를 많이 쓰고 공자와 노자를 읽는다. 금주와 금연, 극도의 금욕주의를 주장함과 동시에 농촌 계몽 및 교육 운동, 기근 발생 시 농민 구제 운동, 종교 운동 등에도 더 적극적으로 임한다. 『전쟁과 평화』, 『안나 카레니나』와 함께 3대 장편으로 꼽히는 『부활』(1899)의 집필 동기 중 하나도 '영혼 구제파'(두호보르이)의 캐나다 이주 자금 마련이었다. 1904년 러일 전쟁이 터지자 전쟁 반대론(「재고하라!」)을 편다. 마지막에는, 해묵은 염원이었던바, 토지와 저작권을 비롯한 사유 재산을 사회에 환원하려고 애쓴다.

이토록 위대한 '톨스토이교'의 교주 톨스토이와 나란히, 같이 늙어 가는 '성깔' 있는 아내의 남편이자 다 자란 자식들의 아버지 톨스토이가 있다. 이 여러 페르소나는 서로 사이가 썩 좋지 않았다. 재산 문제로 인한 부부 싸움 끝에 아내가 연못에 몸을 던지기도 하고(미수에 그쳤다.) 자녀들은 부모를 두고 서로 편 가르기를 하기도 했다. 1910년 10월 28일 새벽, 톨스토이는 아내와의 누적된 불화를 핑계로 드디어 딸 알렉산드라와 함께 가출한다. 어쩌면 '출가'인 것이, 허름한 농민 복장을 하고 등에 봇짐을 진 순례자의 행색은 노작가가 평생 꿈꾸어 온 말년 자아의 모습 그대로이기 때문이다. 하지만 계획과는 달리 랴잔-우랄선 중간에 있는 오스타포보역에서 앓아 눕고 만다. 11월 3일 마지막 일기를 쓴 톨스토이는 나흘 뒤인 11월 7일(신력 19일) 새벽 6시 5분에 사망한다. 시신은 운구되어 11월 9일 야스나야 폴랴나에 묻힌다.

총 팔십이 년에 걸친 톨스토이의 생애는 대단히 촘촘하고 빽빽한 연보가 보여 주듯 각종 활동과 성취로 가득 차 있다. 타고난 건강이 가장 큰 몫을 했을 법하다. 그는 역사상 장수한 여러 위인(칸트, 볼테르, 괴테 등)과도 달리 죽기 직전까지 말을 타고 들판을 질주하고 낫으로 풀을 베고 도끼로 장작을 팰 만큼, 심지어 도보로 최후의 여행을 떠날 만큼 튼튼했다. 거의 평생 자연과 호흡하며 규칙적인 생활을 했고 음주와 방탕조차 스스로 짜 놓은 계획표를 일탈하는 법이 별로 없었다. 부유한 지주 귀족답게 철두철미한 현실 감각과 재무 관리 능력을 갖추었고 '적선-기부'를 할 때도 체계적이었다. 고된 농사일조차 생계유지를 위한 강제성이 없었기에 사실상 취미용 운동에 가까웠다. 톨스토이가 천수를 누린 덕분에 먼저 보낸 자식도 여럿이다.

　이해타산적이고 쫀쫀한 지주 귀족 톨스토이와 '무소유'의 '소유'를 향한 구도자 톨스토이의 팽팽한 기싸움은 어제오늘 시작된 것이 아니다. '반성되는 톨스토이'와 '반성하는 톨스토이'는 평생 상보적인 투쟁을 거듭하며 도덕적 이상을 향해 달렸다. 세간의 손쉬운 비난거리가 되는 그의 이중인격만큼이나 중요한 것이 바로 이것, 즉 그 누구보다 '착한' 사람이 되고자 애쓴 저 인생 자체가 아닌가 한다. 실제로 노년 톨스토이는 '볼테르의 명예와 루소의 인기와 괴테의 권위'(하우저)를 모두 이룬 모습이다. 그의 낙관주의의 기저에 깔린 것이 귀족주의임은 명백하지만 정통 귀족이 문학(예술) 애호를 넘어서 창작에 이토록 열의를 보인 경우는 꽤 드물다. 무엇보다도 우리 인간이 쉽게 빠져드는 관성의 법칙에 톨스토이는 정면으로 맞섰다. 그는 지주로서 농노에게, 귀족으로서 평민과 천민에게, 남자로서 여자에게, 젊은이로서 늙은이에게, 훗날에는 늙은이로서 젊은이와 어린이에게 깊은 관심과 애정을 보였다. 그가 끊임없이 던진 "왜?"라는 질문은 항상 "어떻게?"라는 질문과 맞물려 현실적인 차원에서 해법을 찾았다. 중년과 노년에 이르러 톨스토이의 타인에 대한 공감 능력과 실천력은 더 활기를 띠는데, 세기말 세기 초 러시아 인텔리겐치아의 '노블레스 오블리주'의 모범 사례라 할 수 있겠다. 작가로서만 아니라 그저 한 인간으로서 위인이라는 수식어가 아깝지 않은 인물이다.

2 『이반 일리치의 죽음』과 질병 서사의 위엄

톨스토이와 죽음의 테마

러시아 문학뿐 아니라 세계 문학사를 염두에 둘 때도 톨스토이만큼 죽음의 주제에 깊이 천착한 작가는 드물 법하다. 이는 물론 전기적 사실과 무관하지 않을 것이다. 톨스토이가 두 돌이 되기 전에 어머니가 사망하고 아홉 살 때는 아버지가, 열 살 때는 할머니가 세상을 떠난다. 소년이자 청소년 톨스토이가 가장 많이 의지한 타티야나 고모는 그가 열세 살 되던 해에 사망한다. 아무리 19세기라고 해도 가까운 피붙이를 성장기에 연이어 잃는 참극이 그렇게 흔했을 것 같지는 않다. 훗날 작가가 된 그는 그것을 외상 후 스트레스 장애로 남기지 않고 문학적 성취를 일구는 데 필요한 자양분으로 활용한다. '조실 부모'이지만 '사고무탁'이 아니어서 가능한 일이기도 했다.

톨스토이의 등단작 「유년 시절」은 19세기 전반 러시아 귀족의 전원시적 풍속도처럼 읽히지만 '엄마'의 죽음을 정공법으로 다룬다. 27장, 주인공 화자인 어린 니콜렌카는 엄마가 보고 싶어서 두려움을 억누르며 혼자 조용히 시신 안치실로 들어간다. 소년은 자기가 알던 그 상냥하고 사랑스러운 엄마와 지금 관 속에 누워 있는 누르스름한 '물체' 사이에서 혼란을 느낀다. 삶과 죽음, 육체와 영혼의 변증법은 훗날 톨스토이 문학의 주제론적 토대를 이룬다. 또 하나 흥미로운 지점이 있다. 니콜렌카는 견습 사제가 자기를 비정한 아이로 생각할까 봐 얼른 성호를 긋고 허리 굽혀 절하고서 울기 시작한다. 타인의 시선에 대한 의식과 그에 따른 행동은 훗날 자폐적이고 자기 분열적 담론이 아닌 각종 인간관계의 사회학적 양상의 소설적 제시로 이어진다.

청년 톨스토이의 죽음 탐구는 단편 「세 죽음」(1859)에서 구성적 균형 감각을 얻는다. 소설의 1장은 늦가을 악천후에도 이른바 '전원'을 감행한 중환자를 비춘다. 이탈리아는커녕 모스크바도 못 갈 상태임을 모두 알지만 젊은 귀부인은 여전히 인정하지 않고 주변 사람들을 괴롭힌다. 2장, 그녀의 마차를 몰아야 할 마부 표도르가 지금 죽어 가고 있다. 젊은 마부 세료자는 그의 장화를 챙기고 그 대신 그의 무덤에 비석을 세워 주기로 약속한다. 표도르는 하녀 나스타샤와 짧은 대화를 나누고 편안히 숨을 거둔다. 3장, 눈이 녹고 나무에 싹이 트는 '해빙'의 봄이다. 어느 고급 저택, 쉬르킨 부인은 성직자까지 와 있음에도 분노와 원망에 가득 찬 채로 죽음을 맞이한다.

그로부터 한 달이 지난 시점(4장), 귀부인의 무덤 근처에는 작은 석조 예배당이 세워졌지만 마부의 무덤에는 비석조차 없다. 동료 마부들이 질책하자 세료쟈가 이른 아침에 도끼 한 자루를 들고 숲으로 간다. 이어지는 마지막 세 문단에서는 대사 한 줄 없이 오직 인간과 나무의 생기로운 대결이 묘사된다. 인간이 도끼로 나무를 베는 순간 이 소설의 세 번째 죽음인 나무의 죽음이 완료된다. 톨스토이식 대위법으로 훌륭하게 포착된 '세 죽음'을 한꺼번에 조망하면 생태계의 한 종인 인간의 생로병사 역시 크나큰 자연의 흐름에 귀속된다는 것이 31세 작가의 전언이 아닌가 한다.

한층 성숙한 중장년 톨스토이의 『전쟁과 평화』는 '전쟁-죽음'과 '평화-삶'의 대서사시답게 죽음을 다층적으로 다룬다. 안드레이 볼콘스키는 죽음의 위기를 한 번 넘긴 다음에 진짜 죽음과 마주하여 오랜 사투를 벌인다. 니콜라이 로스토프 역시 전장에서, 말하자면 가짜 죽음을 체험한다. 피에르 베주호프는 참전하지 않았으나 보로디노 전투와 모스크바 함락을 몸으로 겪으며 각종 살육을 목격하고 방화범 감옥에서 큰 깨달음을 주었던 농민 플라톤 카라타예프의 총살 장면을 속수무책으로 지켜보기도 한다. 로스토프 백작 집안의 귀염둥이 막내 페탸는 '형 친구들'의 배려에도 불구하고 치기 어린 공명심에 설쳐 대다가 어처구니없이 전사한다. 세계사적 사건인

1812년 조국 전쟁을 한복판에서 묘사할 때도 작가는 섣부른 낭만화와 영웅화를 경계한다. 전쟁이 유발한 죽음은 소설의 초반부터 끝까지 이어지는 많은 자연사와 병사(노백작 베주호프, 노공작 볼콘스키, 그의 벗인 쿠투조프 장군, 로스토프 노백작, 젊은 볼콘스카야 공작 부인 등)와 크게 구분되지 않는다.『안나 카레니나』는 무려 주인공이 죽는, 더욱이 자살하는 소설임에도 그 관점보다는 19세기 러시아 귀족 사회의 풍속도, 특히 결혼과 불륜을 둘러싼 사회 소설의 맥락에서 조망된다.

쉰 살을 전후하여 중년 톨스토이가 겪은 이른바 '위기'는 죽음의 공포와 밀접하게 연관되어 있다. '참회'의 기록인『고백』(1884)에 이어 미완성 단편「광인 일기」(1884)에 저 '아르자마스의 공포'가 잘 묘사되어 있다. 화자는 새 영지 매입차 하인과 함께 펜자를 향해 밤낮없이 달리던 중 하룻밤을 묵어가려고 다급히 아르자마스 읍내의 여관방으로 들어간다. 다분히 귀기가 흐르는 가운데 일종의 '백색 공포'에 사로잡힌 화자는 소파에 누운 채 간신히 잠이 들지만 금방 깨어난다. 비몽사몽간에 온갖 실존적 물음을 던지다가 복도로 뛰쳐나가기도 한다. 그때 '죽음'이 화자 앞에 나타나서 "내가 여기 있다."라고 말하며 존재를 과시한다. 작가적 차원에서 보자면 본격적인 노화와 더불어 죽음이 단순한 관념이 아닌 생생한 현실로 다가왔고 그것이 곧 '위기'로 이어진 듯하다. 실제로 톨스토이는『안나 카레니나』이후 이렇다 할 작품을 쓰지 못했고 자녀들의 교육과 진로 문제 때문에 수시로 아내와 다투었다. 중년과 노년이 길었기에 노화와 질병, 죽음에 대한 고민의 시간도 길었던 것 같다.

그러던 중 어느 법조계 인사의 부고를 듣고서 훗날 그의 '작은 걸작'으로 평가될 『이반 일리치의 죽음』(1886)을 쓰게 된다.

『이반 일리치의 죽음』: 삶, 죽어 감, 죽음

| 일상과 발병, 일상의 와해

총 열두 개 장으로 이루어진 『이반 일리치의 죽음』 중 2장은 고등 법원 판사 이반 일리치(45세)의 이미 '지나온' 인생을 요약하면서 시작한다. 『안나 카레니나』의 저 유명한 첫 문장처럼 한 문장이 곧 한 문단이다.

> 이반 일리치가 지나온 인생사는 가장 단순하고 평범하면서도 가장 끔찍한 것이었다.(21쪽)

두 번 반복되는 접속사('i')의 다의성에 천착하여 "그래서 끔찍한 것"으로 번역하기도 할 만큼 '단순-평범'과 '끔찍'의 인과 관계가 강조되어 왔다. 간단히 이반 일리치의 '나쁜 삶'이 '나쁜 죽음'으로 이어졌다는 식이다. 톨스토이가 각종 거짓(허위, 기만 등)과 이기주의, 세속적 욕망 등을 혐오했음을 생각한다면 이 고전적 독법은 여전히 유효하다. '나쁜 삶'을 살지 않으면 '나쁜 죽음'을 피할 수 있고, '좋은 죽음'을 맞이하려면 '좋은 삶'을 살면 된다. 하지만 각종 외인사는 차치하고라도 이반 일리치의 사인인 암(수전 손태그, 셔윈 눌런드)을 비롯하여 주요 사망 요인(심혈관, 뇌혈관, 감염성 질환 등)도 인과 관계를 명확히 규정할 수 없는 경우가 많다. 톨스토이의 인생관을 염두에 두되 병구완이나 존엄사가 사회적 화두가 된 오늘날의 관점에서 이반 일리치의 삶과 죽음을 짚어 보자.

실상 이반 일리치의 '단순하고 평범한' 삶이야말로 우리가 꿈꾸는 최고, 최상의 삶이다. 그는 고위 관료의 차남으로 태어나(부친인 일리야 예피모비치 골로빈은 삼등 문관이다.) 유복한 유년을 보냈고, 형이나 동생과 비교해도 뭐 하나 빠지는 것 없는 집안의 총아였다. 법률 학교 시절 성적도 우수했거니와 대인 관계에서도 너무 깨끗지도 너무 더럽지도 않은 이른바 중용의 태도를 견지했다. 졸업 직후에는 아버지가 얻어 준 지방 도지사의 특임 보좌관직을 맡았는데 총 오 년간 근무한 첫 직장에서 업무 능력도, 사교 생활 능력도 모두 뛰어났다. 두 번째 직장인 예심 판사 업무도 공과 사를 명확히 구분하며 훌륭하게 처리하여 모두의 존경을 받았다. 그가 1864년에 제정된 법령을 실무 현장에서 다룬 선두 주자 중 한 명이었다는 작가-화자의 지적에서 『이반 일리치의 죽음』의 사회 소설적 요소가 강조된다. 한편 이 무렵부터는 업무와 나란히 카드놀이를 즐길 줄도 알았다.

이 년쯤 근무했을 때 이반 일리치는 사교계 모임에서 미모와 지성과 재산 등 모든 점에서 가장 훌륭한 여성(프라스코비야 표도로브나 미헬)을 만난다. 톨스토이의 여느 소설에서처럼 그의 결혼 역시 심리적 요인과 사회적, 즉 현실적 요인을 두루 고려해서 성사된다. 신혼을 지나 아내의 임신, 출산과 함께 찾아오는 여러 어려움 역시, 가정에서는 최소한의 안락만을 바라고 소모적 갈등이 생기면 직장과 카드 판으로 도피함으로써 잘 해결한다. 어느덧 결혼 생활 십칠 년 차, 그는 과년한 딸과 김나지움에 다니는 아들을 둔 어엿한 가장이자 승승장구하는 고참 검사다. 그럼에도 보다 탐나는 자리를 노리며 몇 차례의 보직 이동을 고사하지만 인사이동에서 연신 배제된다. 작가-화자가 1880년이라고 명시한 그해 이반 일리치는 "다들 그 처지에 봉급 3500루블이면 아주 정상적인 수준, 심지어 복에 겨운 수준이라고 치부하며 자신을 버렸다"(34쪽)는 느낌에 분해 죽을 지경이다. 생활비를 아끼기 위해 시골의 처남 영지에서 여름을 보내는 중에도 연봉 5000루블짜리 자리를 얻기 위해 좌불안석, 애면글면하다가 참다못해 페테르부르크로 출발한다. 이런 행보와는 크게 상관없이 그는 인사이동의 흐름에 따라 그토록 바라던 자리에, 이사 비용까지 얻게 된다. 모든 원수가 친구로 바뀌고 가정에도 행복이 찾아온 가운데 9월 10일부터 새 임무를 맡기 위해 서둘러 출발한다.

이반 일리치의 새집 단장 과정이 자세히 묘사되는 까닭은 그의 완벽주의에 가까운 꼼꼼한 성격을 보여 주기 위해서만은 아닌 듯하다. 작가-화자는 주인공이 열심히 꾸며 놓은 집을 칭찬하기보다 그 범속한 취향을 비꼰다. 큰 부자가 아니면서 그렇게 보이고 싶어 하는 사람들의 특성을 두루 갖추었노라고, 모든 것이 평범함에도 오직 그의 눈에만 뭔가 특별해 보인다고 말이다. 보편의 취향에 부합하려는 그의 노력은 한편으론 곧 이어질 그의 병사의 보편성을 강조하기 위한 전제일지도 모르겠다. 특히 도배장이에게 커튼 다는 시범을 보여 주다가 넘어진 사건은, 대사가 굉장히 드문 이 소설에서 일부러 따로 분리되어 강조된다. 마침 도착한 가족들 앞에서 그 장면을 재현하며 이반 일리치는 이렇게 말한다.

"내가 괜히 체조 선수였겠어. 다른 사람이라면 죽다 살아났겠지만 나는 여기만 살짝 부딪쳤거든. 건드리면 좀 아픈데 이미 다 나았어. 멍만 좀 남았지."(39쪽)

저 타박상이 악화하여 사망에 이르렀노라고 오독할 수도 있지만 사태의 본질은 전혀 다른 데 있다.

2장과 3장이 '루틴'의 시작과 확립과 지속이라면, 4장은 이반 일리치의 입속에 감도는 이상한 맛과 왼쪽 배, 옆구리의 묵직한 느낌과 불쾌감을 통해 그 균열의 시작을 보여 준다. 참다 못한 그가 급기야 병원을 찾고 '판사'에서 '환자'로 내려서는 순간 비로소 '질병 서사'가 시작된다. 의사는 법정의 이반 일리치처럼 우아한 권위를 과시하며 정작 환자의 목숨은 안중에도 없고 기호와 수치만을 물고 늘어진다. 무엇보다 판사가 피고는 물론 검사와 변호사에게도 절대 권력을 행사하듯 의사 역시 저 '나쁜 삶-나쁜 죽음' 이론을 주장한다. 발병도, 병세의 악화도 환자 탓이라는 입장에 가족까지 합세한다. 정작 환자는 꾸준히 의사들을 찾아다니고 시키는 대로 하는데도 전혀 차도가 없으니 미칠 노릇이다. 병세의 급속한 악화를 여실히 보여 주는 것이 역시나 톨스토이 특유의 기법인바 저 '낯설게 하는' 시선이다.

매일 그를 보는 직장 동료뿐 아니라 그의 집을 방문한 처남마저 매형의 안색에 경악을 금하지 못한다. 그럼에도 다들 임박한 죽음을 외면하며 '기만'을 고수한다. 무엇보다도 이반 일리치 자신이 이 사실을 받아들이지 못한다. 주인공의 당혹감을 묘사하기 위해 톨스토이는 키제베터 삼단 논법을 활용한다. "카이사르는 인간이다, 인간은 죽는다, 고로 카이사르도 죽는다." 이반 일리치는 이 명제가 카이사르에게만 적용될 뿐 자신에게는 해당 사항이 없다고 생각한다. '카이사르-인간'은 '보편-인간'이지만 그 자신은 '특수-인간', '개별-인간'이니까 말이다. 저 명제 속의 '카이사르'도 실은 '보편-인간'과 '특수-인간'의 총합이라는 사실을 깨닫기에는 현재 이반 일리치를 덮친 죽음의 공포와 그마저 압살하는 통증이 너무 크다. 죽음에 바투 다가선 말기 암 환자의 힘겨운 여정의 변곡점은 게라심의 등장(7장)이 아닌가 한다.

‖ 투병과 죽음, 간병과 가족

낙상을 입은 지 어느덧 석 달째, 이반 일리치는 마약성 진통제(아편과 모르핀)의 도움을 받아도 잠을 이루지 못할 만큼 극심한 통증에 시달린다. 덧붙여 특별 용변기로도 부족해 별도의 간병인(게라심)을 써야 하는 단계에 이르렀다. 요즘 우리 사회의 간병인과 달리 젊고 튼튼한 이 남성은 환자의 대소변 처리, 자세 변경, 위치 이동 등 모든 일을 능수능란하게 일사천리로 해낸다. 일의 종류는 사뭇 다르지만 불과 얼마 전만 해도 휘황찬란하게 재판을 진행하던 이반 일리치를 연상시킨다.

게라심의 가장 큰 장점은 환자의 상태와 임박한 죽음에 대해 조금도 거리낌이 없다는 사실이다. 그렇기에 오히려 잉여적 동정이나 거리낌 없이 환자를 잘 돌볼 수 있고, 동시에 자신의 생기를 감추려 들지도 않는다. 이반 일리치는 우선 게라심의 이 솔직함이 좋고 그다음은 자기를 어린아이처럼 불쌍히 여겨 주는 점이 좋다. 이반 일리치로서는 오직 '환자 이반 일리치'만을 아는 그에게 다른 가족이나 동료에게 느끼는 일련의 부정적 감정을 품을 이유가 없다. 그렇기에 또한 그들에게는 보여 주기 싫은 모습을 게라심 앞에서는 거리낌 없이 드러낸다. 게라심의 입장에서도 그는 자기 손을 거쳐 가는 한 명의 중환자일 뿐이다.

한편 이반 일리치의 가족은 대사 하나 없는 아들 바실리를 제외하고 점차 혼탁한 프리즘이 되어 가는 중환자의 묵직한 시선을 통해 상당히 부정적으로 묘사된다. 최대한 객관적으로 그 아내와 딸의 입장을 살펴보자. 프라스코비야가 새롭게 초빙한 또 다른 명의는 완치 가능성이 있냐는 환자의 물음에 그럴 가능성이 조금은 있다는 식으로 대답해 준다. 이반 일리치의 얼굴에 어리는 "희망의 시선이 어찌나 처절한지"(81쪽) 아내는 울음을 터뜨린다. 이 부분에서 '장'을 위해 마지막까지 하나라도 더 시도해 보려는, 말하자면 그런 식으로 죄책감을 덜려는 아내 나름의 이기주의, 동시에 남편을 향한 연민을 엿볼 수 있다. 약혼자와의 사랑이 무르익을수록 아버지에 대한 짜증을 감추기 힘들어하는 딸의 언행도 이해된다. 바실리에 대한 이반 일리치의 편애로 보건대 그동안 리자의 내면에 서

운함이 누적되어 있지 않을까 추정해 볼 수 있다. 대체로 많은 연구자가 이반 일리치의 시선만을 좇아 아내의 위선과 속물성, 딸의 '불효막심'에 주목했지만 소설의 심층에서 작가는 자기중심적이 될 수밖에 없는 중환자를 돌보는 가족의 입장까지 배려한다.

다시 이반 일리치에게로 가자. 그는 자기 집 안의 다른 방에서 완벽히 고립된 삶, 전형적인 괄호 친 삶을 산다. 시간의 변화는 오직 하인의 교대와 촛불로만 감지된다. 9장, 문자 그대로 너무 아파서, 그래도 게라심이 옆방으로 갈 때까지 기다렸다가 어린아이처럼 엉엉 운다. 그의 독백은 십자가에 매달린 예수보다 태어남과 동시에 죽음을 약속받은 모든 인간, 아니 모든 생명의 절규로 읽힌다.

'대체 왜 이 모든 일을 하셨습니까? 대체 왜 저를 이 지경까지 끌고 오셨습니까? 무엇을 위해, 무엇을 위해 저를 이토록 끔찍이도 괴롭히는 겁니까?'(87쪽)

두 주가 더 지난 시점(10장), 통증이 심할수록 삶의 질은 현격히 떨어진다는 일반론에 덧붙여 죽음의 가속도 법칙이 확인된다. "죽음에 가까워질수록 속도는 반비례로 빨라지는군."(93쪽) 이제 이반 일리치는 통증을 완화해 줄 수는 있다는 의사의 말조차 거짓임을 안다. 문자 그대로 아파 죽겠는 주인공에게 작가-화자는 참 가혹하게도 지난 삶이 기만과 허위와 거짓으로 가득 찬 '잘못된 것', 즉 '그게 아닌 것'(ne to)이었음을 깨닫도록 강요하며 '정신적 고통'마저 선사한다.

성찬식을 마친 직후부터 사흘 동안, 이반 일리치를 고문하는 단말마의 고통을 작가-화자는 "싫어(ne khachu)"에서 앞의 음절과 철자가 떨어져 나간 "어(u)"와 "그게 아닌 것"으로 묘사한다. 마침내 임종 한 시간 전 아들이 고통에 몸부림치는 아버지의 손을 잡고 울음을 터뜨린다. 그 순간 이반 일리치는 '빛'을 보고 저 유명한 각성의 순간을 맞이한 뒤 가족에게 '용서'를 구하려 한다. 요컨대 지금껏 부정되어 온 '그것(to)', 즉 참된 인생이 무엇인지는 끝까지 명시되지 않은 채 주인공의 뉘우침과 가족과의 화해로 직행한다. '그게 아닌 것'을 탓하기는 쉽지만 그 반대로 '정(正)', 심지어 '반(反)'과의 지양을 거친 '합(合)'을 소설화하기는 톨스토이조차 힘들었던 모양이다. 의사의 사망 선고를 전후하여 이반 일리치는 '죽음 대신 빛'을 본다. 그의 최후를 장식한 '빛'의 이미지는 죽음에 대한 중년 작가의 판타지를 반영하는 것이 아닐까 한다. 다시 소설의 맨 처음으로 가자.

III 이반 일리치의 죽음 이후

앞서 살펴보았듯 『이반 일리치의 죽음』의 2장과 3장은 주인공의 사십오 년 인생의 요약이다. 모든 것을 다 가진 명민한 판사가 4장에서 병원을 찾고 5장부터 12장까지 끙끙 앓다가 죽는다. 총 여덟 개 장이 모조리, 통째로 투병기인 만큼 병에 대한 이반 일리치의 태도(회의, 의심, 경악, 분노, 투쟁, 좌절, 수용)가 소설을 이끌고 가는 원동력이다. 이 작품의 구성적 묘미는 주인공의 죽음 직후의 풍경을 소설의 1장에 위치시킨 것이다. 「유년 시절」의 연장선에서 조망하자면 죽은 엄마를 관찰하던 열 살 소년의 시선에서 남편과 부모, 동료의 죽음을 관찰하는 중년 작가의 시선으로 넘어온 셈이다. 그로써 영(靈)과 육(肉)의 이분법 내지는 묵직한 이원론을 극복하고 죽음의 사회적 국면에 다다른 원숙한 작가를 만날 수 있다. 이반 일리치의 학교 동창이자 직장 동료로서 속됨과 인간됨을 적절히 두루 갖춘 표트르 이바노비치가 작가의 대변자로 나선다. 그의 엄정한, '낯설게 하는' 시선이 포착한 세상에는 인간(고인)과 죽음은 없다. 거기에는 철저하게 살아 있는 삶, 더 정확히 생활의 장면만이 있다. 『이반 일리치의 죽음』 1장 첫 문장, 첫 문단을 보자.

큰 법원 건물, 멜빈스키 사건을 심리하던 판사와 검사 들은 휴정 시간에 이반 예고로비치 셰베크의 집무실에 모여 대화를 나누다가 저 유명한 크라솝스키 사건에 이르렀다. 표도르 바실리예비치는 법률적 사안이 아니라는 사실을 증명하느라 열을 올렸고, 이반 예고로비치는 제 나름의 의견을 고수했으며, 처음부터 논쟁에 끼어들지 않았던 표트르 이바노비치는 일말의 관심도 보이지 않은 채 이제 막 받은 《소식지》를 훑어보고 있었다.

"여러분!" 그가 말했다. "이반 일리치가 죽었다는군요."

"정말입니까?"

"자, 읽어 보십시오." 그는 표도르 바실리예비치에게 아직 잉크 냄새도 가시지 않은 새 신문을 건네며 말했다.

검은색 부고란에는 다음과 같은 문구가 실려 있었다. "프라스코비야 표도로브나 골로비나는 비통한 마음을 금하지 못하며 친척과 지인 들에게 사랑하는 남편이자 법원 판사인 이반 일리치 골로빈이 1882년 2월 4일 별세했다는 소식을 전한다. 발인은 금요일, 오후 1시."(7~8쪽)

고인의 투병 기간이 서너 달 정도였던 만큼 인사이동의 개요가 수면 위로 올라오지만 당장은 장례식과 조문 이야기만을 주고받는다. 문상을 간 표트르 이바노비치가 전해 주는 망자의 모습, 유가족의 태도, 추도식 장면 등은 고인의 각성과 '빛'을 생각한다면 한없이 속되고 어쩌면 그 때문에 참담하다. 아마 그렇기에 작가-화자는 마지막 장면에 빈소 주방을 담당하는 게라심을 투입한다. 그의 날렵한 배웅 직후 표트르 이바노비치가 들이마시는 신선한 바깥 공기, 마부와 마차, 때마침 도착한 카드놀이판 등 일상적 풍경이 펼쳐진다.

『이반 일리치의 죽음』은 이렇듯 주인공의 죽음을 미리 알린 뒤 삶을 톺아 가도록 하는 소설이다. 이반 일리치는 죽음에 대한 중년 작가의 불안과 공포를 반영한 인물이겠지만 정작 작가는 누구나 꿈꾸는 삶에 또한 그런 죽음을 맞이했다. 그런데 거장 톨스토이의 '특별한' 삶-죽음과 판사 이반 일리치의 '평범한' 그것은 크게 달라 보이지 않는다. 우리 모두는 저 카이사르처럼 '보편-인간'이자 '특수-인간'으로서 언젠가는 생명 현상의 끝장에 다다른다. 그 과정에서 톨스토이식으로 '그게 아닌 것' 속의 '그것', 즉 바람직한 삶이란 무엇인가. 구로사와 아키라는 『이반 일리치의 죽음』을 번안한 영화 「이키루(生

きる)」(1952)에서 실천적이고 행정적인 이타주의를 일례로 제시한다. 분명한 것은 중년 톨스토이가 민화 「세 가지 질문」을 통해 던져 주는 전언이다. 인생의 가장 중요한 순간은 바로 지금이고, 가장 필요한 사람은 바로 지금 나와 함께하는 사람이며, 가장 중요한 일 역시 바로 그 사람과 함께하는 일이다.

*

톨스토이의 죽음 관련 중단편을 더 많이 번역하지 못한 아쉬움에 해설이 길어졌다. 『이반 일리치의 죽음』은 학부 3학년 때 '작가 연구: 톨스토이' 수업에서 처음 읽었다. 감동은커녕 일말의 재미도 없었다. 학생이 아닌 선생으로 톨스토이를 읽게 된 서른에도, 그 이후에도 쭉 그러했으나 세월의 자연스러운 흐름 속에서 '죽음'이 눈을 찌르는 순간이 찾아왔다. 솔직히 환자의 고통과 통증, 섬망이 고스란히 전해져서 너무나 먹먹한 소설이다. 세련된 '가벼움'을 많이들 예찬하는 요즘 이런 '무거움'을 온몸으로 느끼고 싶을 때가 더러 있잖은가. 주제의 묵직함에 비해 길이는 황송할 정도로 짧다. 톨스토이에 대한 존경이 나날이 깊어진다.

이 년 전 이맘때 돌풍에 휩쓸린 마지막 잎새처럼 훌쩍 떠난 남동생은 꿈에도 잘 나오지 않는다. 칠십 대 중후반을 말기 암 환자로, 그 대신 술 한 방울 입에 대지 않는 부지런한 상인으로 사는 아버지의 장수를 기원한다. 그의 다부진 아내가 그보다 훨씬 더 오래 살기를 바란다. 그들의 둘째 딸이 앞으로도 자기 가족과 함께 『안나 카레니나』의 법칙을, '서로 엇비슷한 행복한 가정-제각기 불행한 가정'을 멋지게 구현하길 바란다. 치매의 막바지에 이른 아흔일곱 살 외할머니에게는 이제라도 존엄한 종말이 와 주길 바란다. 피르스(체호프, 「벚꽃 동산」) 말마따나 살긴 살았는데 도무지 산 것 같지가 않다. 연이은 가족 참사에도 불구하고 '아픈' 아이와 함께 하루하루 '루틴'을 유지하려고 애쓰는 중년의 나 자신을 그 어느 때보다 더 격렬하게 응원한다. 인생, 참 짧다.

작가 연보

1828년   8월 28일(신력 9월 9일) 모스크바 근교 툴라의 야스나
야 폴랴나에서 톨스토이 백작 집안의 4남 1녀 중 넷째
아들로 태어났다. 아버지는 퇴역 중령, 어머니는 볼콘
스키 공작 집안 출신이다.

1830년   여동생 출산 과정에서 어머니 마리야가 사망한다.

1837년   아버지 니콜라이가 뇌출혈로 급사한다. 이후 여러 고
모, 숙모의 손을 거치며 성장한다.

1844년   카잔 대학교 동양어 학부에 입학, 아랍어와 튀르키예
어를 전공한다. 이 무렵 사교계 생활을 시작한다.

1945년   카잔 대학교 법학부로 전과했으나 법학에 회의를 느낀다.

1847년   일기를 쓰기 시작하고, 루소, 고골, 괴테 등을 탐독한
다. 4월 12일, 대학을 자퇴하고 귀향, 농지 경영, 농노

계몽 운동을 시도하지만 좌절한다.

1848년   잠시 모스크바에 체류하며 방탕한 생활을 하지만 이 내 환멸을 느낀다.

1849년   4월, 페테르부르크 대학교에서 법학사 자격 검정 시험을 치른다. 두 과목을 합격했으나 중도에 포기하고 귀향, 지방 자치 활동에 참여한다.

1851년   4월, 맏형 니콜라이가 있는 캅카스로 가서 사병으로 복무하며 그곳의 인종학, 민속학, 역사에 관심을 가진다.

1852년   사관생도 진급 시험을 거쳐 4급 포병 하사관으로 임관한다. 5월에 탈고한 「유년 시절」을 시인 네크라소프의 추천을 받아 《동시대인》에 발표함으로써 등단한다.

1853년   크림 전쟁 발발, 체첸 토벌에 참가한다. 그 경험을 담은 단편 「습격」을 《동시대인》에 발표한다.

1854년   1월 소위보로 임명, 10월 《동시대인》에 「소년 시절」을 발표하고, 11월 세바스토폴 전투에 참전한다.

1855년   「1854년 12월의 세바스토폴」, 「1855년 5월의 세바스토폴」을 탈고하고 페테르부르크 방문, 투르게네프를 비롯한 여러 작가와 교류한다.

1856년   3월, 퇴역한다.

1857년   《동시대인》에 「청년 시절」을 발표한다. 2~7월에 유럽 여행, 귀국한 다음에는 농사일에 매진한다.

1859년   영지 관리, 지방 행정에 집중하는 한편 농민 학교를 설립한다. 단편 「세 죽음」 발표, 호평을 받는다.

1860년   민중 교육용 잡지 《야스나야 폴랴나》를 간행한다. 9월,

형 니콜라이가 사망한다. 1861년까지 2차 유럽 여행, 게르첸, 프루동 등과 교류한다.

1861년   2월, 농노 해방이 선포된다. 자신의 농노들에게 그들이 일구어 온 토지를 일부 나누어 주는 것을 비롯해 지주와 농노 간의 갈등을 해결하기 위해 많은 노력을 기울인다.

1862년   9월, 의사 베르스의 둘째 딸 소피야 안드레예브나(18세)와 결혼한다.

1863년   모스크바에서 야스나야 폴랴나로 귀향한다. 2월,《러시아 통보》에 『카자크 사람들』 발표, 장남 세르게이가 태어난다. 십이월당원(데카브리스트)에 관한 장편 소설을 구상한다.

1864년   10월, 장녀 타티야나가 태어난다.

1865년   1~2월, 『전쟁과 평화』의 전신인 「1805년」을 《러시아 통보》에 발표한다.

1866년   5월, 차남 일리야를 태어난다. 모스크바에 거주하며 소설 집필을 위한 자료를 수집한다.

1867년   9월, 『전쟁과 평화』 3권과 4권 집필, 보로디노 전투 현장을 답사한다.

1868년   『전쟁과 평화』 에필로그를 집필한다.

1869년   『전쟁과 평화』 완간, 삼남 레프가 태어난다. 쇼펜하우어와 칸트에 심취한다. 지방 소도시 아르자마스 여관에서 이른바 '아르자마스의 공포'를 겪고 미완성 단편 「광인 일기」에 기록한다.

1870년	5월, 툴라 지방 재판소의 배심원을 맡는다. 고대 그리스어를 공부한다.
1871년	2월, 차녀 마리야가 태어난다. 신분을 막론하고 러시아의 모든 어린이를 대상으로 한 《독본》을 발간한다.
1873년	이 년 전에 토지를 매입한 사마라의 기근 농민 지원 단체의 봉사 활동에 참여하고, 『안나 카레니나』 집필을 시작한다.
1875년	《러시아 통보》에 『안나 카레니나』 연재 시작, 《새 독본》을 집필 및 간행한다.
1877년	12월, 사남 안드레이가 태어난다.
1878년	1월, 『안나 카레니나』를 단행본으로 출간한다.
1879년	6월 키예프 동굴 대수도원 방문, 모스크바에서 대주교, 주교와 함께 10월 성 삼위일체-성 세르기 수도원을 방문한다. 논고 「교회와 국가」를 집필한다. 12월, 오남 미하일이 태어난다.
1880년	『고백』 집필, 사복음서 번역에 착수한다.
1881년	2월, 도스토옙스키의 부고를 접하고 애도를 표한다. 알렉산드르 2세가 피살당한다. 솔로비요프, 투르게네프 등이 야스나야 폴랴나를 방문한다. 6월, 열흘에 걸쳐 도보로 옵티나 푸스트인 수도원 순례, 민화 「사람은 무엇으로 사는가」를 탈고한다. 9월, 자녀들의 김나지움 및 대학 진학을 위해 모스크바로 이사한다.
1882년	탈고한 『고백』을 《러시아 사상》에 발표하려고 하지만 검열로 인해 발행이 금지된다. 10월, 히브리어를 배워

구약 성서를 읽는다.

1883년 아내에게 모든 재산권을 위임한다. 논고 「나의 신앙의
근본」을 탈고하지만 교회로부터 강력한 제지를 받는다.
10월, '톨스토이교'의 리더이자 동업자인 출판업자 체
르트코프와 교류하기 시작한다.

1884년 단편 소설 「광인 일기」, 논고 「그래서 우리는 무엇을 할
것인가」를 집필한다. 2월 공자, 노자를 읽고, 4월 제네
바에서 『고백』 발표한다. 6월, 아내와의 언쟁 끝에 가
출했으나 아내가 임신 중임을 고려하여 도중에 귀가한
다. 삼녀 알렉산드라가 태어난다.

1885년 민화 「촛불」, 「두 노인」, 「바보 이반 이야기」 등을 집필
한다. 헨리 조지의 『진보와 빈곤』을 읽고 토지 사유제
를 더욱더 부정하게 된다.

1886년 민화 「회개하는 죄인」, 「사람에게는 땅이 많이 필요한가」
와 말을 주인공 화자로 내세운 단편 「홀스토메르」, 중편
소설 『이반 일리치의 죽음』을 발표하고, 희곡 「어둠의 힘」
을 집필한다.

1887년 10월, 민화가 판매 금지 처분을 받는다. 12월 『인생론』,
「음주벽에 반대하는 합의안」, 중편 소설 『크로이처 소
나타』를 탈고한다. 채식주의 설파, 금주 동맹을 창립한
다. 검사 친구에게서 어느 매춘부와 귀족 청년에 관한
법정 실화를 전해 듣고 『부활』을 구상한다.

1888년 담배를 끊는다. 단행본으로 출간된 『인생론』이 판매를
금지당한다. 3월, 육남 이반이 태어난다.

1889년 희곡 「계몽의 열매」, 중편 소설 「악마」(미완성), 『예술론』을 집필한다.

1890년 중편 소설 「신부 세르게이」, 장편 소설 『부활』을 집필한다. 옵티나 푸스틴 수도원에서 암브로시 장로와 면담, 아내에게 저작권을 사회에 기증할 의사를 밝힌다.

1891년 중앙아시아 지역에 기근이 들자 농민 구제 활동에 적극적으로 참여하고, 1881년까지 발표한 모든 작품의 저작권을 포기한다는 내용의 각서에 서명한다.

1892년 7월, 가족 간 재산 다툼 끝에 부동산을 아내와 자녀 소유로 이전하는 증서에 서명한다.

1893년 논고 「종교와 윤리」, 「기독교와 애국심」 등을 집필한다. 극작가 스타니슬랍스키, 화가 레핀 등과 교류한다. 「계몽의 열매」로 받은 러시아 극작가상 상금을 구제 기금으로 내놓고, 노자 번역에 몰두한다.

1894년 소설가 부닌과 교류한다.

1895년 8월, 소설가이자 극작가 체호프가 야스나야 폴랴나를 방문한다. 「어둠의 힘」이 러시아 곳곳에서 상연, 호평을 받는다.

1897년 페테르부르크 여행, 아내 소피야가 작곡가 타네예프에게 매혹되어 질투를 느낀다.

1898년 툴라와 오룔의 굶주린 주민들을 위한 구제 활동을 지속하고, 영혼 구제파 교도(두호보르이)의 캐나다 이주 비용을 마련하기 위해 『부활』 집필에 몰두한다. 『예술론』을 출간한다.

1899년	3월 『부활』 연재 시작, 11월에 완간하고, 시인 릴케와 교류한다.
1900년	1월 과학 아카데미 문학 부문 명예 회원으로 선출되고, 젊은 작가 고리키와 교류한다. 「우리 시대의 노예제」, 「애국심과 정부」 등 논설 발표, 희곡 「산송장」을 집필한다.
1901년	2월, 러시아 정교 종무원이 톨스토이의 파문을 결정하자 「종무원 결정에 대한 응답」을 발표한다. 7월 말라리아 감염, 9월 크림반도로 요양을 떠난다.
1902년	논설 「신앙이란 무엇이며 그 본질은 무엇인가」, 「노동하는 민중들에게」, 「성직자들에게」를 발표한다. 야스나야 폴랴나로 귀향, 젊은 소설가 쿠프린과 교류한다. 장편 소설 『하지 무라트』, 단편 소설 「무도회가 끝난 뒤」 집필, 폐렴과 장티푸스로 투병한다.
1904년	러일 전쟁이 발발하자 반전론을 주장하는 「재고하라!」를 발표한다. 5월 메레시콥스키, 기피우스 등 젊은 작가들이 야스나야 폴랴나를 방문한다.
1905년	1월 9일, 피의 일요일 사건(1차 혁명)이 발발하고, 논설 「세기말」, 「러시아의 사회 운동에 관하여」 등을 집필한다.
1908년	1월, 에디슨이 축음기를 보낸다. 사형제에 반대하는 선언문 「나는 침묵할 수 없다」를 발표한다.
1909년	비폭력 무저항의 의견을 담은 마하트마 간디의 편지를 받는다. 10월 유언장 작성, 톨스토이 탄생 80주년 기념 행사가 페테르부르크에서 열린다.
1910년	10월 28일 새벽, 아내에게 마지막 메모를 써 놓고 막

내 딸 알렉산드라와 함께 가출하지만 가는 곳마다 넘쳐 나는 기자들 탓에 고생한다. 10월 31일 랴잔-우랄선 기 차를 타고 가던 중 건강이 악화하여 오스타포보역에서 정차, 11월 3일 병상에서 마지막 일기를 쓰고 11월 7일 (신력 19일) 새벽 6시 5분에 사망한다. 야스나야 폴랴 나의 '백성'뿐 아니라 전 러시아, 전 세계가 그의 서거를 애도한다. 11월 9일, 고인의 유지를 받들어 장례식은 최 대한 간소하게 치르고 무덤에는 그 흔한 비석조차 세 우지 않는다.

세계문학전집 **438**

이반 일리치의 죽음

1판 1쇄 펴냄 2023년 12월 8일
1판 7쇄 펴냄 2024년 12월 18일

지은이 레프 톨스토이
옮긴이 김연경
발행인 박근섭, 박상준
펴낸곳 (주)민음사

출판등록 1966. 5. 19. (제 16-490호)
서울특별시 강남구 도산대로1길 62(신사동) 강남출판문화센터 5층 (우편번호 06027)
대표전화 02-515-2000 팩시밀리 02-515-2007
www.minumsa.com

ISBN 978-89-374-6438-6 04800
ISBN 978-89-374-6000-5 (세트)

* 잘못 만들어진 책은 구입처에서 교환해 드립니다.

세계문학전집 목록

세계문학전집은 계속 간행됩니다.